THE ABCs OF STYLE

センスのＡＢＣ

岡尾美代子

平凡社

INTRODUCTION

はじめに

　ここに二つ、あなたの気になるものがあるとして（服でも、雑貨でも食べ物でもなんでもいい）、そのどちらかを選ぶとする。

　二つのうち一つは定番で安心感があるもの、もう一つはいつもならば選ばないタイプのものだけれど、どこか気になるもの。だからあなたは迷っている、としたら、あなたの選択はどちらだろう。

　多分というか、きっと。どちらを選んだとしても正解で、間違いではないはず。その選択が、あなたの「センス」。そしてこの選択は、後のあなたの「センス」に繋がっていくのではないかな。

　選択の次に、また次の選択が来る。それは細胞分裂のように、ずーっと枝分かれしていくもので、終わりがなく、果てしない。簡単なもの、悩ましいもの、無数にした選択が道筋となり自分のセンスになる。センスってそういうものなんじゃないか、と私は考えている。要するに毎日の生活の中でセンスは作られ、鍛えられているということだ。五感を使って、自分と対話しつつ、考えながら。

　そんなわけでこの本も、私、岡尾の細胞分裂的エッセイとして読んでいただけるとありがたい。「センス」というタイトルが付いてはいるが、この本を読んでもセンスが良くなるわけではないのでどうぞご注意を。

　さて最初の二択だが、私の場合はというと、基本的に「選ばない方をあえて選ぶ」、だ。要するに二番目を選ぶという……。天邪鬼？　そうかもしれないけれど、でも、それが私のセンスなのだ。

CONTENTS

CONTENTS

「Sara Berman's Closet」展の入り口に吊り下げられていた赤い毛糸のポンポンを真似して作ってみた。
下はサラの娘でイラストレーターのマイラと彼女の息子アレックスの共著『Sara Berman's Closet』。
ブルックリンに住む友人がマイラのサイン入りで送ってくれた。嬉し過ぎるギフト！

憧れのクローゼット

　いつも夢見ているクローゼットがある。

　明るい光が入る窓のある白い壁の部屋に、長いラックとテーブルとカゴやらが置いてあって、そこに色のトーンが揃ったアイテムが整然と収められている。ウォークインクローゼットのような機能性は必要なくて、好きな服たちが自由に、でも美しく並んでいる、そんなイメージ。1人掛けのソファは座るためではなく、バッグ置き用に。ハンカチ類はエナメルの洗面器にたくさん積んで……と、妄想はむくむくとどこまでも膨らむ。

　ひょっとしたらクローゼットというよりは、自分だけの"セレクトショップ"を作りたいのかも。でもこの夢のクローゼット、いつか実現できるのかしら。

　現実的にはいろんな問題がある。まずクローゼット部屋（と呼ぶことにします）にするスペースがないという根本的な問題。でもそれよりも自分のワードローブに統一感がないということが一番の問題かも。毎日同じような服を着ているはずなのに、まとめて見ると統一感がないのが、自分的には何とも気持ちが悪い。2017年にメトロポリタンミュージアムで見た「Sara Berman's Closet」というインスタレーションのように白い服だけで揃えるとか、画家のジョージア・オキーフみたいに同じ服を何枚もあつらえるとか、それぐらいの潔いワードローブが理想ではあるけれど、まだまだ流行への煩悩（？）が捨てきれない私。いいなと思う服のテイストを絞る、まずはここなのかも。

　理想のクローゼットを作りたいがためにおしゃれを規制してしまうのは本末転倒なのかもしれないけれど、私の目指すところはクローゼットとワードローブの統一感。だからこの難しいテーマを楽しみながら、自分のおしゃれを追求していきたいと思う。

　頑張ろう、っと。

マイラが母・サラのクローゼットを忠実に再現したインスタレーション。
とても小さな展示だったけれど、クローゼットはサラの人生そのもののように強く印象に残った。

サラはある時期から白い服しか着ないと決めたので、ワードローブは白、アイボリーで構成されている。
糊付け＆アイロン掛けしたリネンやシャツ、下着、ソックスもきちんと畳まれている。

(01)

同じ時期にブルックリンミュージアムで開催されていた「Georgia O'Keeffe : Living Modern」。ニューヨークに行ったのはこれを見るためだった。作品だけではなく、ワードローブや、著名なフォトグラファーが撮ったポートレートなどが多数展示されていて見応えがあった。オキーフがマリメッコの服を着ていたことを、この展覧会で初めて知った。

(01)(05)色違いのラップドレス。ブルー、ピンク、ブルーグレー。この3色はコットン製で、1950年代後期〜60年代のニーマン・マーカスのもの。ラップドレスは当時「モデルズ・スモック」という名前で販売され人気を博した。オキーフは好きな服を見つけると、そのパターンを使って仕立て屋に作らせていたようだ。同じような形でも色が違うと印象が変わる。(02)ラップドレスのそばには、服と同じ色合いの絵が展示されていた。「Georgia O'Keeffe. Red Hills with the Pedernal. 1936」。

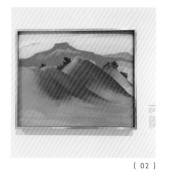

(02)

(03)

（03）オキーフのワードロー
ブ。展覧会にはジーンズ姿の
オキーフの写真もあって、デ
ニムのウエスタンシャツ、ダ
ンガリーやギンガムチェックの
シャツもよく似合っていた。
（04）素敵なバンダナコレ
クション！水玉、ストライプ、
ペーズリーなどのベーシック
なパターンで、色は白か黒。
髪を覆うために愛用していた
みたい。
（06）ブラウンのラップドレ
スについての説明文。Sidran
というメーカーのものでベル
ト付き。

Sidran, Inc.

Wrap Dress and Belt, circa 1950s–60s
Brown cotton
Georgia O'Keeffe Museum, Santa Fe,
New Mexico: Gift of Juan and
Anna Marie Hamilton, 2000.3.419

（06）

（04）　　　　　（05）

パリのお菓子屋で見つけた懐かしのパラソルチョコ。
元気な気分になるのはお茶目なデザインとキラキラのピンクの包み紙のおかげかな？

色から始まる？

　鮮やかなピンク、健康的なオレンジ色、フレッシュなレモン色。ファッションでもインテリアの世界でもきれいな色を目にすることが多くなった。普段はグレーやネイビーといったベーシックな色の服を好んで着ている私でさえ、この冬は発色のいい明るいグリーンのセーターを好んで着たぐらい。鮮やかな色を着るのって、今まで気恥ずかしいと思っていたけど、実は結構楽しいことなんだと気づいてしまった。なので今回は色の話を。ちょうど、春のおしゃれ計画を考える時期でもあるし。

　私と同じように基本のワードローブがベーシックカラーの人は、春に向けてのコーディネイトに何かきれいな色のアイテムを一つ取り入れてみるのはどうだろう。普段は選ばない色も、ベーシックな形のセーターやカーディガンであれば取り入れやすいかも。グレーのパンツを持っていれば、レモン色のセーターを合わせてみる。ベージュのチノパンツにはパステルブルーのカーディガンとか（イメージはVネック、そして中は白いTシャツで）。急に赤のトップスにピンクのボトムなんていう上級者の着こなしを真似しなくても、何かきれいな色を1色取り入れるだけで十分。新鮮な気持ちで服が着られると思う。

　洋服に色を取り入れるのに抵抗がある人には、普段着ているトレンチコートに単色の色バッグを持ってみるのもおすすめ。そのバッグは安価な布製のエコバッグでもいいし、革のバッグでもOK。ただし、思いっきり発色のいい色を選ぶのがポイントだ。同じ考え方で、靴下だけ思い切った色使いをしてみるというのも面白そう。

　新しいことを取り入れるのって勇気がいるけれど、いつも同じじゃつまらない。ちょっとした好奇心や冒険心が新しい扉を開いてくれることもあるから、この春は色を意識してみてはどうだろう？　気になる色を見つけたら、そこが新しいおしゃれ世界の入り口かも、ですよ。

まずは自分にインスピレーションをあたえてくれる色を探してみよう。

ピンク（棚）とグリーン（手前のテーブル）という反対色の組み合わせも気になりますが、
これをコーディネイトに落とし込むのはかなり上級テクニックですね……。

CANDY STRIPE

GREEN

キャンディストライプ

（01）（02）ロンドンの梱包材専門店で買ったストライプの紙袋。お菓子屋　　　　（01）（02）
でよく使われていたからなのかな？ これくらいの太めな幅で、甘い色目のストラ　　　　　　　（03）
イプを"キャンディストライプ"って呼びます。ストライプ好きな私のマイ・フェイ
バリット・ストライプ。（03）そんなキャンディストライプのゆったりシルエット
のワンピース。足元はどかっとした白いスニーカーを合わせて。

PINK

(01)　(03)
(02)

　(01)(02) ポケット付きのバンドカラーシャツとワイドパンツでキャンディス
トライプのセットアップに。ピンクだとより甘く、ドリーミーな印象。(03) パリ
のキャンディショップで使われていた紙袋。こちらはイギリスのよりも少し幅広で
色味も強い。クマのぬいぐるみは、あれあれ、ひとりで(いや1匹か)かくれんぼ中?

白はN.Y.在住のデザイナー「sawa takai（サワ タカイ）」のもの。
ピンクベージュは「COMOLI（コモリ）」で、チュニック丈になっている。
ピンクは「nest Robe（ネストローブ）」のオリジナルでリネン素材。

バンドカラーのシャツ

　手元に新しいシャツが3枚。

　去年の秋に展示会で注文したシャツが2枚届いたのと、昨日買ったばかりのシャツが1枚。買うときは全く意識していなかったのだけれど、揃ってみるとどれもバンドカラー。色も白、ベージュピンク、ピンクと、偶然にグラデーションとなっている。

　かれこれ15年ぐらい前になるだろうか。一時期、バンドカラーのシャツばかり着ている時期があった（昔はスタンドカラーと呼んでいたが、今はこう言うらしい）。あまりに着過ぎて飽きてしまい、その後は興味を失っていたのだが、ここに来て、バンドカラー熱がふつふつと再燃している感じ。

　首元がすっきりと見える、知的な印象（人が着ていると、です）、ストイック、そしてクラシック。バンドカラーはそんなイメージ。あと、大人っぽい印象もあるのかな。着こなしもいろいろあるけれど、今季はシンプルでクリーンなコーディネイトがいいような気がしている。洗いをかけていない濃いインディゴのデニム（ゆったりめのシルエットが気分）に裾をインして着て、足元は素足にローファーとか、同系色のボトムを合わせるとか。ノーカラーのジャケットとボトムのセットアップの中に着るのもおすすめだ。自分的には白シャツは「GRAMICCI」のテーパードパンツ、足元は「Teva」のサンダルで、アウトドアアイテムと一緒に着こなすのもいいかもと思っていたり。

　私はシャツ派だけれど、バンドカラーのロング丈のシャツワンピースも気になるアイテムだ。長い丈を生かして、ブラウジングせずそのままストンと着るのが素敵だなと思う。その場合は髪をラフに小さくまとめて首元を目立たせてほしい。アクセントが必要なときはショルダーバッグやウエストポーチを斜めがけにするのも似合いそう。

　こんな風に脳内コーディネイトをしていたら、シャツ1枚で過ごせる季節が待ち遠しくなってしまった。羽織りものを持ち歩かなくてもいいお天気の日々、早く来ないかなぁ。

白からピンクへのグラデーション。

数年前に購入した「dahl'ia（ダリア）」のチャイナジャケットには
鮮やかな赤のフェルトウールのサルエルパンツをコーディネイト。

チャイナジャケット

　私はいつも同じ格好をしている。トップスは丸首のセーター、もしくはスウェット。ボトムはデニムかチノパンツ。そして足元はサイドゴアブーツ。多分、1年365日のほとんどがこの組み合わせなので、自分でも飽きてしまって違うタイプの服を買ったりしてみるのだが、結局この組み合わせに戻ってしまう。きっと私を知っている人は「この人、毎日同じ服を着てる」と思っているに違いない。それは正しい。でも言い訳をさせてもらうなら、同じ服を2枚持っていたりするからなのだけれど（自分の服はほとんどユニフォーム感覚なのだ、きっと）。

　さて、こんな"保守的スタイル"の私が久々に冒険アイテムを買った。それはチャイナジャケット。注連野昌代さんが手がける「TOUJOURS」のものだ。チャイナボタンとスタンドカラーの幅が少し太めで、ボックス型のシルエット。素材は上品な光沢のシルクだ。一見スタンダードなチャイナジャケットの顔をしつつ、こだわりポイントがたくさん隠れているから、羽織った時の形がとてもきれいで、思わず衝動買いをしてしまった。で、ここからが本題、いや問題なのだが、このチャイナジャケットをどう着こなせばいいのかな、自分？

　チャイナジャケットですぐに思い出すのは亡くなったデザイナーのアズディン・アライア。黒いチャイナジャケットは彼のトレードマークだった。確かボトムにも黒を合わせてスーツのように着ていたはずだ。私もコスプレみたいに服を着るのが好きだから、思いっきり「ザ・太極拳」といった風に着てみようかな。インナーは白かネイビーのTシャツにして（ここで丸首を死守）。

　ちなみに注連野さんはこのジャケットの中に、白いフリルがついたアンティークブラウスを合わせていた。なんてお洒落な！　そんな高度な着こなしは私にはできないけれど、新しいアイテムを手にすることは楽しい、そんな気持ちを思い出した春。ワクワクです。

これがチャイナジャケット。黒みが強い、夜みたいなネイビー。
これを着て中華料理を食べに行きたいなあ。まさにコスプレだけど（笑）。

チャイニーズテイストのビーズ刺しゅうのカーディガン。
これは昔のTOUJOURSで、私の大切な1枚。
内側にはガーゼみたいに薄いシルクが張られていて、密かな贅沢が。

こちらも衝動買いしたチャイナシューズ。
派手だけれど、厚手の白いソックスやタイツと
合わせるとなんだかかわいい雰囲気に。

チャイナタウンで見つけた紙のランタンを、殺風景だったホテルの洗面所の窓に吊るしてみた。
窓辺に明るい色があるっていいかも。

ASUKA HAMADA
of
THERIACA

GINGHAM CHECK, ONE-PIECE DRESS,
RED, PINK, PINK BEIGE,
ROUND, SQUARE, TRIANGLE, GEOMETRY, ASYMMETRY,
PUFFY, HOLES, OBJECTS, TUCKS, GATHERS,
WITTY, ARTWORK etc.

photo: MACHIKO ODAN

ベルリンを拠点に活動するファッションデザイナーの濱田明日香さん。2014年、ロンドン・カレッジ・オブ・ファッション在学中に自身のレーベル"THERIACA"（テリアカ）をスタートし、以来、自由な発想で、チャーミングな服を作り続けている。

実は濱田さんが渡英する前に、アパレルブランドで何年か一緒に仕事をしたことがある。企画力やセンスの良さはもちろん、一番印象的だったのは、一つのことを突き詰め、妥協しない姿勢だった。そして彼女はびっくりするほど努力家でもあって、会社員として忙しい仕事をこなしつつ、リサーチを欠かさず、パターンの学校に通い、留学のために英語の勉強もして、確か趣味のローラーブレードも続けていたはずだ。その姿勢はきっと今も変わっていないはず。そして現在、THERIACAで形を探求しつつ、彼女ならではの着眼点で活動を広げている。とても楽しそうに！

そんな濱田さんの服作りの背景にあるもの（できればセンスの秘密も）を知りたくて、30個の質問をしてみた。

Q.01　子供の頃の夢は？

子供の頃から服には興味があって、高校生の頃からファッションデザイナーになりたいと考えるようになりましたね。

Q.02　その夢は叶っていますか？

当時はいわゆるパリコレに出るようなファッションデザイナーになりたかったのですが、今はファッションデザイナーと名乗ってはいるものの、もう少し幅広く、服の面白さを伝える人になりたいと思っていて。デザイナー＋研究者＋アーティスト＋教育者が混ざったみたいなニュアンスに変わってきています。一生かけて叶えていければいいかなと思ってます。

Q.03　この本のタイトルにもなっている「センス」という言葉を聞いて思い浮かぶ人、アーティストを教えてください。

アーティストのアネット・メサジェ（Annette Messager）やルイーズ・ブルジョワ（Louise Bourgeois）は重いテーマでありながらポップに見せる作品が多く、最終的なアウトプットがうまいな、センスあるな、と思います。

Q.04　自分のセンスのベースにあるものは何だと思いますか？

親の視点かな。親が私に着せていた服、本棚にあった親の本、親が物を選ぶときの理由やこだわりが私のベースを作っていると思います。例えば幼少期、男の子っぽいサロペットを着せられていたときに知人の親に褒められて、他の女の子と違う格好をしていることが妙に得意だった記憶があります。また、小学生の頃、黒いワンピースにネイビーのタイツを合わせていて、母親に「黒とネイビーは合わないよ」と言われてムッとした記憶がありますが、それを機に色合わせを考えるようになったり。もちろん成長するにつれて自分で得た情報やいろんなファッションを試していく中で私独自の進化をしてきたのですが、ベースが作られたのはおそらく幼少期。両親ともにクリエイターで、いつも何かを作っているような環境で育ったので、自分なら何をチョイスして何を作るのかを考える訓練になっていたのかもしれません。

Q.05　自分らしいスタイルってありますか（バランスへのこだわりとか、例えばメガネを選ぶときの基準（タイミング？）、髪型、服のバランスとか）？。

メンズアイテムや変なアイテムをはずして一点入れて、全体のバランスを取ってる気がします。変なサイズ感の服とか、ポイントになる色を靴下で取り入れたり、子供用のカバンを使ってみたり、ツッコミどころをどこかに取り入れるのが好きですね。あまり化粧をしないので、雰囲気を変えたいときには、よくメガネを使っています。

Q.06　現在、ベルリン在住ですが、海外に住むってどんな感じ？

日本の流行から距離をおいて制作に集中したかったのと、近くに尊敬できるクリエイターがいるので、自分にはいい環境かなと思ってますが、日本と比べると店や配達のサービスが悪かったり、言葉や文化の壁があったりして、生活面ではいろいろ不便もあります。

Q.07　ベルリンは好きですか？　日本との違いはどんなところ？

ベルリンの街はおしゃれや流行に敏感じゃないところが、むしろ好きかな。みんな髪の色や顔立ちが違うので、流行っているものより自分に似合うものを選んでいるところが面白い。日本人のほうがお洒落をすることに貪欲なので、たまに日本に帰ると刺激になります。

Q.08　ベルリンの美味しいもの、教えてください。

ドイツは昔トルコ人とベトナム人の移住を受け入れていたので、トルコ料理とベトナム料理は美味しいです。ビーガンも多いので、ビーガン料理も進んでいると思います。

Q.09　突然ですが、お気に入りの歯磨き粉はありますか？

日本にいたときは研磨剤の入っていない物とか、こだわった物を使っていましたが、ヨーロッパに来てから日本で使っていた物が手に入らなくなり、そのタイミングで歯磨き粉に限らず、シャンプーとかもこだわらなくなりました。

Q.10　好きな色は？

赤。

Q.11　好きな花は？

ひなげし。

Q.12　好きなかたちは？

まる。

Q.13　何度も読み直している本、見直している映画はありますか？

ジブリ映画は何度も見ます。どの作品も女の子が強くて頑張り屋さんなところが好き。学生時代は『オリーブ』、『スタジオ・ボイス』、『花椿』などの雑誌を何度も繰り返し見てましたね。

Q.14　今、気になるアーティストを教えてください。

今は特定のお気に入りのアーティストはいないのですが、ベルリンの展覧会や演劇は実験的なものが多く、そういう表現から刺激を受けています。4台のグランドピアノの中心でひたすらパフォーマーが踊るコンテンポラリーなものから、戦争に関係する人々を来場者が演じることで多方面から戦争を考える社会派の展覧会まで、いろんな表現方法を見ていますが、コンセプトがシンプルに伝わってくるものは勉強になります。ひとりよがりな表現よりは、見る人を置き去りにしない見せ方・伝え方をしているアーティストが好きです。

Q.15　さて、服作りについて教えてください。そもそも服を作り始めたきっかけは？

高校生の頃、おしゃれに興味はあるけどお金がないから自分で作るようになりました。京都芸大に入ってからは人と違うものが着たい、という理由で作っていましたね。

Q.16 THERIACAがスタートしたきっかけについて教えてください。

ロンドン芸大の課題で作ったコレクションを提出したときに教授や友人が売って欲しいと言ってくれて、それならブランド名とかタグとか決めないと、と始めたのがTHERIACAです。

Q.17 コンセプトを教えてください。

THERIACAというブランド名は万能解毒剤が由来で、「気分が上がる、自分に自信が持てる、着る人の気持ちに作用する、薬のような服」がコンセプトです。売上げ重視でサイクルの早いファッションビジネスに疑問を持って、人の心に響く服を作りたいと思って始めました。

Q.18 最初のアイデア、イメージはどこからやってくるの？

いろいろですね。アートやダンス、言葉、道に落ちてるゴミなどなど。普段気になることをノートに書き留めておいて、それを見返してイメージが広がることも多いです。流行の服やコレクション情報などから発想しないように心がけていて、ファッションのトレンド情報からは距離を置くようになりました。

Q.19 そのアイデアやイメージを形に落とし込む方法、技は？

頭で思いつくデザインには限界があるので、ラフなスケッチだけをして、後は直接パターンを引いたり、布を触ったりして感覚で形作っていきます。絵で描けるものはどこかで見たことがあるものだったりして、自分の想像を超えてこないんですよね。3Dデザインというか、デザインとパターンを分けずにデザインしています。どこで手を止めて完成とするかが、センスの問われるところだと思います。

Q.20 椅子の形のワンピース、クッションみたいなスカートなど、インテリアアイテムのような服がありますね。インテリアからインスピレーションが浮かぶのですか？

インテリアアイテムは布で作られているものも多く、家具にカバーをかける行為と人に洋服を着せる行為が似ているなと思っていて。服も言ってみれば人間のカバーでもあるし、イスの服を人が着るとどうなるかな、とやってみたのが面白かったので、今でも取り組むことの多いテーマです。

Q.21 服作りの楽しいところ、難しいところは？

着られるところ！ これが他のクリエイションと大きく違うところだと思います。服を選んで着る行為自体が自己表現だし、着られるアート、動くアートでもあるのが面白い。難しいところは、人体の大きさや構造は変わらないのでクリエイションに制限があること。絵画や彫刻と違って、極端に大きいものや小さいものは作りにくいし、動きを制限するものも作りにくい。

Q.22 THERIACAが大切にしていることはなんですか?

THERIACAを通して服の楽しさを感じてもらいたいので、デザイナーの私が一番面白がって作っているかどうかが大事だと思っています。トレンド服を安く売る、というのもファッションビジネスのあり方だとは思うけど、私がやるならそこじゃないかなと。

Q.23 舞台衣装など活動の幅が広がっていますが、これから挑戦したいことはありますか?

新たなジャンルに挑戦したいというよりは、今までもやってきたように展覧会や本で自分の表現を伝える機会を多く持てたらいいなと思いますね。ファッションデザイナーの枠におさまらない、もっと自由な表現をしてみたい。

Q.24 濱田さんは編み物も得意ですよね。ロンドンに留学するときに洋裁と編み物、どちらを専攻するか迷っていた記憶があります。選べないとは思いますが、どちらが好きですか? それぞれの魅力についても伺えれば。

洋裁は出来上がりを着るのが楽しくて、編み物は作る工程が楽しい。それぞれで表現できるものが違うので、選べないですけど、洋裁が仕事のメインになっているので、趣味に近い編み物のほうが楽しく感じるときはあります。

Q.25 THERIACAのポップアップにはかわいいソフトトイが使われていますが、いつもそこに濱田さんのセンスを感じています。ぬいぐるみのセレクトポイントやどんなところで見つけるのかを知りたいです。

愛嬌というか、ツッコミどころのあるぬいぐるみをチャリティーショップや蚤の市などで出会ったときに買います。ベルリンには日本では見かけない人参のぬいぐるみとか、子供ウケしなそうな表情のぬいぐるみとかが売っていておかしい。変なぬいぐるみが一つあるだけで空間の雰囲気が変わるから面白いですよね。

Q.26 どんなインテリアの部屋に住んでいるんだろう?

なるべくニュートラルでシンプルな空間にしています。その時々のプロジェクトに合わせて、写真や素材を壁に飾ったりして雰囲気を変えています。テイストのある部屋だと逆にクリエイションを制限してしまうので。

Q.27 愛用のマグカップはありますか?

今は特に持ってないですが、SHOKKIのマグカップが欲しい。

Q.28 愛用のスリッパは?

オーストラリア土産でもらったコアラの頭がついたスリッパ。ダサさとかわいさがギリギリのやつ。

Q.29　ところで寝ているときに夢をよく見ますか？　ちなみに昨日見た夢は？

夢はあまり見ませんね。見ているんだろうけど覚えてないことが多い。覚えているときはだいたい楽しくない夢……。

Q.30　最後に。センスって大切だと思いますか？

センスとは物を選ぶ視点、判断する力みたいなものだと思っていますが、人とは違う独自の視点を持つことで人生の楽しみが増えると思います。私にとってセンスはアイデンティティーとも言えるとても大切なことですが、クリエイターでなくても、誰もが持っているのがセンスだと思います。日本にいると今はこれがおしゃれっていう流行があって、それを表面的に真似をするのが「センスが良い」と思われがちですが、もっと自由でいいと思うんですよね。あの人は物事をどう見ているんだろう、という関心を持つことでセンスは磨ける。人の視点から学びながらも自分ならではのセンスを築いていくことが大事だと思います。

岡尾さんのスタイリングを間近に見た経験は、私にとって大きな財産になっています。一つ一つのアイテムをデザインすることは得意でしたが、それを世界観としてまとめあげるスタイリングの力の凄さは岡尾さんの仕事を見て学んだこと。撮影のたびに別の絵本に入り込んだような感覚になり、撮影が進むにつれてストーリーが軽やかに組み立てられていく。スタイリングとは、モデルのコーディネイトを考えること、と思われがちですが、空気感を作っていく仕事なんだなと思ったのを覚えています。モデル選び、髪型、しぐさ、小道具など細かいところまで気が使われていて、その空気感の中で切り取られた写真は、どう切り取っても岡尾さんの描いた世界になっていく。世界観の作り方は、まさに岡尾さんのセンスの為せる技で、一度そのヒントを探ろうとしたことがあったのですが、「好きか嫌いかで判断してるだけよー」と拍子抜けした答えが返ってきた記憶。でも言い得て妙で、好きなことを突き詰めた結果、私は今THERIACAにたどり着いていることを思うと、何が好きか、どっちが好きかを問い続けることで自分なりのセンスが身についていくのかもしれません。

ASUKA HAMADA ／濱田明日香
ファッションレーベル"THERIACA"（テリアカ）のデザイナー。
アパレル企画に数年携わったのち、渡英。ロンドン・カレッジ・オブ・ファッション在学中にTHERIACAをスタート。
現在はベルリンに拠点を移し、ギャラリーや美術館での展覧会、書籍、舞台衣装など様々な方法で作品を発表。
『甘い服』（文化出版局）、『THERIACA 服のかたち / 体のかたち』(torch press)など著書多数。

@_theriaca_　　http://www.theriaca.org/

小さな家ですぐ思い浮かぶのは、デレク・ジャーマンのプロスペクト・コテージ。
左右対称な窓と煙突が好き。

(01)

(02)

小さな家

　この頃よく考えるのは、自分が住みたいと思う家についてのあれこれ。それは「理想の家」を空想するのともまた違っていて、もっと現実的なことだ。

　以前パリ出張に行ったときに、パリ郊外にあるサヴォア邸を訪れたことがある。ル・コルビュジェが作った私邸を見るのはこれが初めてだったのだけれど、あまりに素敵で胸が高鳴ってしまった。建築の知識が全くない私にも、これが1930年代に造られたことが、いかに画期的だったかということがわかるぐらいに。部屋と部屋の繋がり方、部屋の続きのようなテラスに、それを自然に区切る大きな窓（とにかく窓が素敵なの）。「わーっ！」を連呼しながら（それしか言葉が出ず……）見学をしたのだった。こんなところに住むってどんな気分なんだろう。主人への羨ましさを感じつつも、その時に思ったのは、自分はもっと小さな家がいい、ということ。サヴォア邸の脇に建っていた庭師の家のように。

　私が今住んでいる古い日本家屋は、元々建っていた母屋に出入り口付きの洋風のリビングが建増しされていて、2世帯住宅ではないけれど玄関が2個あるという、何とも不思議な造りになっている。廊下で繋がっている建増し部分は物置となっているが、ひとり暮らしの身には正直、必要なくて、持て余している状態だ。閉め

(03)

たドアの先に空き部屋があるというのはそんなに気持ちの良いものではなく、そんなこともあり、広すぎず狭すぎず、身の丈に合ったサイズ感が心地良い暮らしの条件のひとつなのだと気がついた。この家は老朽化していて、いずれ大規模なリフォームか、建て直しをしなくてはいけないという現実的な問題を抱えている。なので予算内で実現可能な「住みたい家」を自問自答している日々なのだが、結論はまだ出そうもなく……。

　そういえば、ル・コルビュジェが老齢の両親のために建てた「小さな家」という平屋建ての家がある。いつか行ってみたいと願っているが、そこに行けば何かひらめきが降りてきたりするかな？ そんな逃避的なことを考えつつも、やっぱり自分のための小さな家が欲しいなあ、と切実に思う。

　ああ、いつかその願いが叶いますように。

私の小さな家コレクションから。（ 01 ）ゲルチョップの巣箱。もくもくの煙がお気に入り。（ 02 ）こちらは煙突からティッシュが。手編みの"力作"ティッシュカバーは「R & D.M.Co-（オールドマンズテーラー）」のもの。（ 03 ）私のコレクションアイテムになりつつある錫製のログキャビン型メープルシロップ缶は、アメリカ、ヴァーモント州のNew England Container Co.のもの。動物との冬の暮らしが描かれたイラストが、実にハートウォーミング。

Tシャツに付いていたタグも上品。

小さな贅沢

　今回は、私の小さな贅沢の話を。

　「SUNSPEL」というブランドをご存じだろうか。上質なTシャツやアンダーウェアなどを作り続けているイギリスのメーカーで、細番手の糸を使い、糸を撚るときに生じる不純物をガス焼きして取り除き仕上げたコットンジャージーは、上品な光沢があって、うっとりとする滑らかさが特徴。なんとも気持ちの良い着心地なのだ。

　そのSUNSPELのTシャツをパジャマにしているというのが、今の私の小さな贅沢。何が贅沢かというと、それはやはり値段で、Tシャツとしては高価なものをパジャマにするというのが贅沢かなと。ただそれがTシャツというアイテムなのが、贅沢の中では"小さい"のでは、と考える所以だ(……ややこしいけれど、どうかしら?)。でも着るたびに気持ちが良く、体にストレスを感じない服は、自分にとってはとても大切。眠るときのものは特に。それを言い訳にして、この贅沢を続けている。

　トップスにはこのTシャツ、ボトムはやはり細番手のコットンのパジャマパンツか、スウェットパンツというのが今の私のパジャマの基本スタイル。肌寒いときはこれにリネンかネルのローブを羽織る。このスタイルに落ち着くまでには、試行錯誤や妥協もあったが、ようやく自分が一番落ち着くスタイルになったと思う。

　ところでSUNSPELのアンダーウェアも定評があるが、残念ながらそれはまだ試したことがない。というのもこれは本当に贅沢というか、体型も含め、自分には分不相応なような気がしてしまって。その辺り、小心者(?)だなと思いつつも、実は惹かれているのだが。

　ともあれ、時には自分のために贅沢をするのもいいものだと思う。毎日を楽しくするためにも、ね。

（01）これが「SUNSPEL」の代表的な素材Q82を使ったTシャツ。私はメン   （01）（02）
ズのSサイズを使用。ちなみに「SUNSPEL」は世界で初めてTシャツを作ったブ   （03）
ランドでもある。（02）（03）こちらは粉っぽい水色が上品なメンズのボク
サーショーツ。女性が大きめのサイズをパジャマ代わりにするのもチャーミングだ
と思う。BOX入りの姿もまたきりり。

ソックスはTOUJOURSのもので、薄手で伸縮性の良いウール混素材。でもクマくん、
ソックスは足にはくもの、耳にかぶせるものではありませんよ。

気持ちが良い、が大切

　今日の足元は気持ちが良い。

　なぜかというと新しいソックスをはいているから。

　靴だって磨きたてで（久しぶりだけど……）ピカピカだ。

　足元がきれいだと、自分が少し上等な人間になったような気がする。おしゃれな店にも気負わず入っていけるし、堂々と振るまえたりもする。「おしゃれは足元から」というけれど、本当にその通りだと思う。だってせっかくおしゃれをしていても、足元が汚いと、なんだか惨めになっちゃうものね。

　えーっと、その新しいソックスは「AURALEE」というカットソーで定評のあるブランドのもので、普通のものよりも幾分、値段は高い。でも目についたときにピンときたのだ。これはきっと気持ちの良い靴下だ、と。初めて足先を通したとき、素材の感触が、想像していた以上の気持ち良さにびっくり。きつくもなく、ゆるくもなく、柔らかく足にフィットする。うん、やっぱり、気持ち良い。こういうことがあると心が小躍りする。

　こんな風に足元の気持ち良さが、その日1日の気分をふっくらさせてくれる。ソックスでなくても、下着やTシャツ、パジャマだって、肌に直接触れるものは、気持ちの良い素材とデザインのものを着たいと思う。固くてゴワゴワした窮屈なものは、それだけでストレスをまとっているようなものだから。でも何も高いものだけが良いものというわけではなくて、インド製の薄手のコットンは風を含むような涼しさがあって、夏の暑い日にぴったりだし、フリースもぬいぐるみに頬ずりをしたくなるのと同じような癒される感触だ。気持ち良さを見つけるのは自分の身体、それと五感。そこに敏感になることが、気持ち良さを探る手段なのだと思う。こういうことも"センス"に繋がるのではないかな。体感＝経験となって、それが一つの勉強になるという意味で。

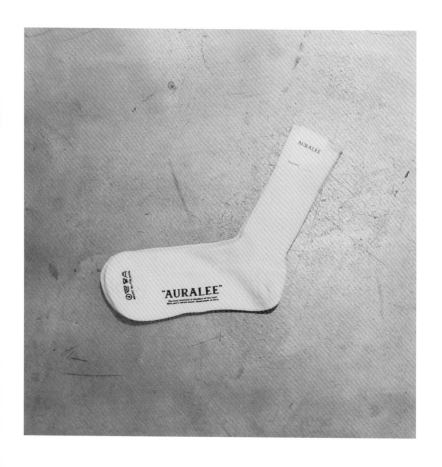

とてもベーシック、そしてはき心地のいい「AURALEE」のソックス。
他にも「YAECA（ヤエカ）」や「TOUJOURS」など、
服作りに強いこだわりが感じられるブランドはいい靴下を作っている（オカオ調べ）。

こちらは足が太すぎて、靴下がはけないの巻。なのでそっと乗っけてみた。

サイドゴア アンド ミー

　年がら年中、サイドゴアブーツを履いている私。真夏の暑い日でも足元は同じだから（正確には下半身が）、周囲に暑苦しさを振り撒いているかも（すみません！）。
　そんな私のサイドゴアブーツ歴は結構長い。20代の頃は「AIGLE」のウルトラリピーター、その後は「Tricker's」、「ARTS & SCIENCE」、「SANDERS」など。その間には「BIRKENSTOCK」や「AURORA SHOES」など、コンフォートシューズの時代もあったりしたけれど、ここ最近は「Blundstone」のサイドゴアブーツ一辺倒に。この靴、オーストラリアのホームセンターでも売られているワークブーツなのだけれど、軽くて履きやすいのだ。それに防水だから雨の日もOKなのも嬉しいところ。元々、足首をホールドするタイプの靴が好きで、チャッカーブーツやレースアップシューズも大好きなのだが、ここのところ、ラフな服ばかり着ているので、何となくドカッとした靴のほうがしっくりくる気がしている。埃を被ったお出かけ靴を見ると、お洒落もしなきゃ、と思うけれど、楽なほうへと流れているダメな自分がいる。もちろんワークシューズタイプだってお洒落に履きこなしている人は大勢いるわけだけど。

（ 01 ）　　　　　　　　　　　　　（ 02 ）

（01）オーストラリアのワークブーツ「Blundstone」。最初はトゥーの丸さを敬遠していたのだけれど、実際に履いてみるとその丸さに愛着が湧いてきた。（02）お出かけ用「ARTS & SCIENCE」の一足。ワイズ（足囲）が細身で上品なシルエット。素材はシーズンによって変わるようだが、これは濃茶のスウェード。

　若い頃は気に入った靴であれば、履くたびに足が痛くなっても、何度靴擦れして
も我慢して、頑張って履き続けた自分がいた。それはお洒落になりたいとい
う一心だったはずなのだが、その頃の熱い気持ちは一体どこへ行ってしまった
んだろう？

　そんなことを考えていたら、やはり昔から憧れ続けている靴があったことを
思い出した。それはスニーカー、中でも「CONVERSE」のハイカット。何度トラ
イしても似合わない、だけど好きなのだ。歳を取ってもコンバースが似合う、そん
な大人になりたかった。そんな気持ちを思い出して、時々、リトライするものの、
やはり上手く履きこなすことができない。しかも歳を重ねる毎にスニーカーは
ますます難しい存在になってきた。似合っていないのに履いていると若作りし
てる感が、履き古したスニーカーだとくたびれてる感が（スケーターのコだとカッ
コいいのに）、かといって高級素材のスニーカーだと年寄感が漂ってしまう。そん
な風に落とし所が結構難しい。だから再び、振り出しのサイドゴアブーツに戻っ
てしまう。今後、自分の靴歴史に新しい扉が開くことはあるのかな。果たして？

（ 03 ）　　　　　　　　　　（ 04 ）

（ 03 ）（ 04 ）トップグレーと水色。薄い色目に惹かれて買ったものの、全く履けておらず、なハイカットのコン
バース2足。いつまでも憧れの存在のまま。そう言えばシーズンの立ち上がりにセレクトショップに並ぶコンバー
スは、そのシーズンのキーカラーであることが多いから要チェック、チェックですよ。

オカオカオス

　ぐじゃぐじゃ。

　これは私のバッグの中身の惨状を表す言葉。ぐちゃぐちゃ、じゃないですよ。ぐじゃぐじゃ。イメージ的にはぐちゃぐちゃよりもさらに酷い感じ。「なんでこんな風になっちゃうんだろう」と、自分でも不思議でたまらない。

　ちなみにバッグの中に入っているのは、お財布、携帯電話（充電用のコードも）、手帳、ボールペン、メガネ、メガネ拭き、ハンカチ、ティッシュ、クリアファイルに挟んだ仕事の資料、メジャー（いつでも物のサイズを測れるように、スタイリストの必需品の一つ）、ハンドクリーム、リップクリーム、目薬、メンターム的なもの、新聞、本、ペットボトル、時々おやつといった具合だけれど、書き出してみると結構あるなぁ。ハンドクリームやリップクリームといった細かなものはポーチに入れて、ボールペンや手帳は一回り大きなポーチに。メイクをしないので化粧品は必要ないし、お弁当も入ってない……、なのに、バッグの中のカオスっぷりは半端ない。物を取り出す時は、餅つきで餅をひっくり返すように、いろんなものをひっくり返しながら探しているような気がする。

　原因の一つとして考えられるのは、普段仕切りのない布製バッグを使っていること。たくさん入るけれど仕切りがないから、物が重なって下へ下へと溜まってしまうのだ。仕切り代わりに使うポーチもやっぱり仕切りがないタイプだか

ある日のバッグの中身。
鷹の爪団チョコは、島根のお土産。唐辛子入りです。

ら、そこもまた同じような現象が起こってしまう。うーん、これって、負のスパイラル？

　底がしっかりある、仕切り付きのバッグを使えばいいのかもしれないけれど、残念ながら私の普段の格好にはそういうバッグが似合わないし、そもそもそういうバッグが好きじゃない。ポーチだって、存在自体が好きじゃないから、本当は持ちたくないくらいなのだ。私の整理整頓下手は、根本的に収納道具（あるいは収納道具的要素のあるもの）が嫌いという難儀な理由のせい。これではバッグならずともいろんな場所が散らかるのは仕方がない……やれやれ（これ、意固地な自分へのため息です）。こんな私がバッグ内の環境を改善させるには、まめな整理の心がけと、無駄なものを持ち歩かないようにするしかないのだと思う。

　ところで、最近、私が買った新しい2つのバッグは、やはり仕切りのないタイプ。一つは鹿革を使った巾着型のショルダーバッグ。もう一つはセールで買った、革を編んだバスケット。どちらも上品な形と素材に一目惚れしたものだけれど、果たして綺麗に使いこなせるのだろうか？　この上等なバッグたちにぐじゃぐじゃは似合わなさすぎる。そんな気持ちが、自分のだらしなさを諌めるきっかけになればいいのだけれど。とりあえずはバッグ内の環境改善の心がけ、頑張ります。

「seya.（セヤ）」の巾着型バッグ。自分的には"清水からダイブ"な買い物です。
どこかの遊牧民が持っていそうな、こんなバッグが昔から好き。
バッグに合わせてキャメルのストールも購入。清水ダイブ、続きます……。

「FALORN（ファロルニ）」というイタリアのブランドのカゴ型バッグ。
金属のベースにグレーの革を編み込んであって、ポーチ型の内バッグ付き。
大人な仕様のカゴバッグ。

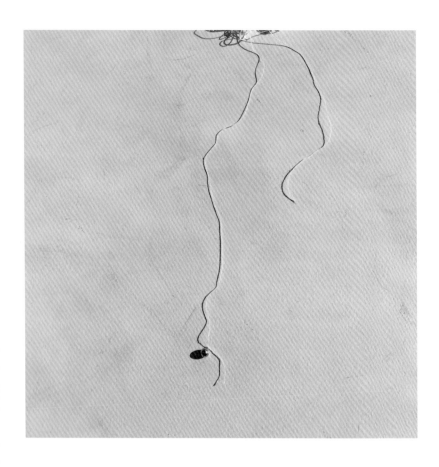

水戸芸に行った翌朝、なんと！ 友人は部屋の天井から白い絹糸を垂らしてみたそうで、「空間に不思議な気づきや緊張感が出ました」と。私もこの作品が一番印象に残っていて、糸1本でこんな表現ができるのだと心が震えたのだけれど、家でやってみようとは思いつかなかった（笑）。今度、鈴をプレゼントしよう。

良い一日

　水戸芸術館での「内藤 礼 —— 明るい地上には あなたの姿が見える」展（2018.7〜10）で体感したことを今もよく考える。

　内藤 礼という芸術家の名前はもちろん知っていたし、豊島美術館の「母型」はいつか見に行きたいと思っている場所だったが、本人に関する知識はほとんどなく、実は作品を見るのもこれが初めてのことだった。でもまっさらな気持ちで「内藤 礼」の世界に入っていけたのが良かったなと、今は思う（恥ずかしながら、水戸芸に行くのも初めてだった）。

　天井から自然光の射し込む真っ白な展示室に足を踏み入れたとき、自分の中でプクプクと何かが生まれてくるような感覚があった。最初に天井から小さなガラスの玉（時々、小さな鈴）が気泡のようにぶら下がった作品があり、その周りの空気が、清らかで、明らかに澄んでいて気持ちが良いのだ。そして満ち足りている。この場所を動きたくないと思うような、心が浄化されるような……、ここは「あの世」なの？

　たっぷりと水が張られたガラス瓶に、まんまるに膨らんだバラの蕾。目を凝らさないと見えない、天井から吊るされた1本の長い白い糸。生まれたての生き物の血管の中の血液のような赤を、薄く、とても薄く、塗り重ねたキャンバス。あっちの世界とこっちの世界、生、トックントックン（心臓の音）、天、結界、そんな言葉が頭に浮かんでくる。あまりに繊細な作品に驚いたり、小さな発見をしたりしつつ、「内藤 礼」の世界を堪能した。あちら側に行ってしまった友人のことを何度も思い出し、そしてその気配も感じながら（きっとあの場所にいたんだと思う。白いニットキャップをかぶって）。

　水戸芸を出てから、近くの手芸屋で展示で使っていたものと同じ鈴を売っていると、一緒に行った友人が教えてくれた。もしかしたら、鈴もキーワードのひとつだったのかな。もしそうだったら、個人的にはとても嬉しい。

　良いものを見せてもらった、と思う。その世界に触れられて嬉しかった。気持ちの良い天気だったし。水戸芸にも行けたし、本当に良い一日だった。そして特別な一日だった。

ロンドンの花市場として有名なColumbia Road Flower Marketには、
気になる花の球根がたくさん売られていたけど、こればかりは買って帰れないのが残念。
これから植える予定の球根は水仙、黒いチューリップ。
それと時期は逃しちゃったムスカリとスノードロップも植えてみよう……。とにかく急がなきゃ、だわ。

庭仕事［本気編・2018冬］

　寒い日が続く。

　鎌倉の山側にある我が家の庭も寒々しい景色で、枯れた草や落ち葉の上には白い霜、雨水を貯めているバケツには蓋のようにまあるい氷が張っている。そういえばこの家に越してきてから間もなく1年が経とうとしている。引っ越した頃もこんな風に殺風景な景色だったことをぼんやりと思い出した。

　東京から鎌倉に越して11年。その間に3回の引っ越しをした。そもそも鎌倉に住もうと思ったのは庭のある家に憧れたからで、なので住んだ家にはどこも庭があった。今度の家は玄関にたどり着くまでに階段が70段、という厳しい条件なのだが、それと引き換えに広い庭がついている。先の住人が時間をかけて植えたのであろう花や木も引っ越し当時は全貌がわからず、とりあえず様子を探るのが最初の仕事だった（要するに何もしていないということなのだが……）。

　まず咲き始めたのが椿、その後に山との境にある桃、続いて桜の花が咲いて、地面からギボウシの葉がぐんぐん伸びてきた。大きな謎の木が紅葉（もみじ）だったということが判明し、その後は紫陽花（あじさい）（花、あまり咲かず）。その間に名前がわからない雑草や葛（くず）の蔓や笹といった厄介な植物がものすごい勢いで育ってきて、夏はほぼ雑草の庭となった（もうお手上げ状態の！）。秋になると金木犀（きんもくせい）、栗（これはほぼリスに食べられた）、最後にご褒美のように小さな柑橘がたわわに実ってから庭は眠りに入った。でも眠っているように見えた庭も、よく見れば紫陽花には濃い紫色の芽が出て、椿の木にもふっくらとした蕾（つぼみ）がたくさんついている。

　さて。いよいよ本腰を入れて庭仕事を始めるべき時が来た。バラの剪定（せんてい）も急がねばだし、冬に植えようと買っておいた水仙の球根には、うっすらと芽が出ている（きゃっ）。

　今までの庭づくりで、自分にそのセンスがないということはよくわかっているけれど（この話はまたいつか）、再度挑戦あるのみ。まずは球根がよく育ちそうな場所を見つけるところから始めてみることにしよう。

赤いポピー、オックスアイデイジー、カウパセリ、バーベナ、
ディル、エキナセア、フォックスグローブ、そしてセイヨウカノコソウ......私の好きな花です。
野原に咲いてる系？

庭仕事［弱音編・2019夏］

　8月が始まる。

　ああ、元旦に本気で庭づくりを始めると心に誓ったのに、我が家の庭は今やほんの一部分を除いて、雑草に覆い尽くされた悲惨な風景となっている。あわあわ（言葉にできない気持ち）。振り返れば6月はロケがあり、家を長く留守にした。7月もほぼ休みがなかったので、庭仕事はほとんどできなかった。そんなツケが草ぼうぼうの庭という形となって私の目の前にある。

　それでも雑草に完敗した去年よりはまだマシだろう、と自分を慰めてみる。去年は「眠り姫」を助けに行く王子様の気持ちがわかるというか、道なき道を進むような感じだったもの。今年は小さなスペースながら、自分が植えたエキナセアやセイヨウカノコソウなどのハーブや野菜が元気に育っているところがあり、毎朝、そこだけをピンポイントで眺めて幸せな気分に浸っているのだ（その周りの雑草は見えてるのに見えないふりをしている）。この部分は小さなオカオの王国。できればこの領域を少しずつ広げていきたいのだけれど、ここに来て雑草の力はますます増しているからそれもままならぬ状態。草抜きを1週間サボると小さな植物は埋もれてしまって、そして大体そのまま消えてしまう（王国の危機、迫ってます）。雑草もよく見るとかわいいものがあるのだが、なんだかみんな逞し過ぎて、かわいいと思う気持ちが負けてしまうのだなあ。ドクダミも白い花が咲く頃は可憐な姿なのに、花が終わると存在感が強くなり過ぎてしまう（これが雑草魂ってやつ？）。

　私が理想とする庭は、植えた植物と雑草が共存する野原のようなメドウガーデンなのだが、そんな風景は夢のまた夢のような気がする。こんな現実にくじけそうになりつつ、でも今の王国を死守するために、朝の草むしりを頑張らなきゃ、だわ。

いい香りのする植物も好き。
この写真はイングランド、
チャールストン・ファームハウスの
ハーブガーデン。

我が家の夏の庭。
一見いい感じに見えるかもしれないけれど、白い花はヒメジョオン。
雑草に椅子が埋もれている図なのです。

庭仕事［前向き編・2019冬］

「ひどいね」

これは時々、ネコシッターを頼む友人が、うちの庭を見たときの言葉。

「だよね」

そんな相槌しか打てなかった自分が情けない。

3年目、少し進んだかと思っていた庭計画は大きく後退した。今の庭を眺めていると芭蕉の句が浮かんでくるような……。そう、私の庭はまたしても枯野となってしまったのだ。しかも相変わらず、雑草だらけの。

今年の秋は大きな台風が続けて2回来た。大雨と強風のせいで、柑橘の木が1本倒れ、家の裏にあった樹齢100年以上経っていそうな大木も台風が去った2日後に地響きと共に根元から折れた。植物たちも雨の重さでペタンと倒れたまま起き上がれなくなって、私も忙しさにかまけて助けてあげることができなかった。ごめん（一つ救いだったのは、家の壁に這わせるように植えたアメリカソライロアサガオがその頃からよく咲くようになったこと。12月に入ってもまだ咲いているから驚きだ）。

良かったこともある。梅の木に沢山の実がついて、その梅で梅酒と梅ジュースを作ったこと（収穫の楽しさを初めて知った）。オクラとゴーヤが豊作だったこと。山椒や柚子の木にもたくさんの実がなった。でも山椒の葉も実も一度も使うことがなく、柚子は一つ残らず鳥に食べられてしまった（ああ、もったいない）。

そういえば今年は岡尾・気づきの年でもあった。実がなる植物（つまりは食べられるもの）が好きだということを確認。メドウガーデンに憧れはあるけれど、どうやら自分は花を育てることが下手らしいという悲しい事実も再認識。でもここらで方向転換して、自分の好きな野菜や果物を作ってみるのもいいかもと前向きな気持ちになっている。畝を作らない自由な雰囲気の畑や、低木の果樹、そんな庭の姿もなんとなくイメージできるし。もしかしてこっちのほうが私には合っているのかも。

自分の作ったものが食卓に並ぶ。なんとまっとうで素敵なことだろう。美味しい野菜や果物を作るには経験と時間、そして花以上に手間暇がかかりそうだけれど、新しい目標を持って頑張ってみることにしよう。まずは撮影用に買った紅玉の苗木の植え付けから、リスタート！ 前向きに。前向きに。

ロンドンのハックニーシティファームを訪れた時に、道の上にたくさん落ちている小さくて黄色い果実を発見。
多分、ミラベル（プラム）だろうと、きれいなものを持ち帰り、ジャムにしてみることに。

"旅先でジャムを煮る"なんて、ちょっと楽しい出来事。
生のフルーツは無理だけど、こうすれば持ち帰れるという発見も（キッチンが必要ですが）。
出来上がったジャムはあまりに少量でジップロックに入れて保存。
いつか自分ちの果物でも、ジャム作りができますように（お祈り）。

（ 01 ）ウィリアム・ストーンという種類の、青い睡蓮の花。モネが見たらなんと言っ
ただろう。（ 02 ）こちらは葉の上の、大きな水滴の、備忘録。『騎士団長殺し』
の終盤に、雨についての素敵な記述があったことも、ここに書いておこう。

（ 01 ）

（ 02 ）

雨の日

　静かに雨が降っている。そんな天気の日が好きだった。特に用事もなく自由に過ごせるのであれば、パジャマ姿のままベッドの中で本を読んで過ごしたくなるような。電気はつけず、部屋は暗いままで、窓際の光を頼りにページを読み進める。薄暗い部屋で本を読んでいると、世界から隔離されて、お話の世界に深く沈み込んでいくような気持ちになる。そんな風に過ごす雨の休日を、以前の私は大切にしていた。心の安息日として。

　そんな大事なことを、最近の"かすかす"な私はすっかり忘れてしまっていたのだが、村上春樹の『騎士団長殺し』を読んでいて（かなり、今さらですが……）、ふと思い出したのだ。私の安息日、どこに行っちゃったんだろう、と。

　村上春樹の小説は雨の描写が印象に残る。今読んでいる『騎士団長殺し』も「雨の降る木曜日の夜」とか、「水曜日は朝から細かい雨が降ったりやんだり」「見えるか見えないかというくらいの細かい雨が」と、なんかね、雨が降っていて、そのせいか物語の世界がしっとりとしている。でもそれは傘をささなくていいくらいの雨なのだ（私のイメージでは、です）。

　大粒の雨が傘に当たる音や、"ザーッ"というよりは"ゴーッ"という表現のほうが近い豪雨の音を聞いていると、頭の中が雨音に占領されて何も考えられなくなってしまう。だから大雨の日は嫌いなのだが、静かに優しく降る雨は心を癒してくれる。嘘をついてワニに皮を剥がれたウサギがガマの穂綿にくるまって休んだように。

　そういえば先日、帰省した時に行った高知県北川村にある「北川村 モネの庭 マルモッタン」でのガーデン散策も小雨が降る中でだった。ここは柚子で有名な村の自然を生かし、フランス・ジヴェルニーにあるクロード・モネの庭を再現した施設で、ジヴェルニーではついに咲かなかった、青い睡蓮の花が今年も咲いたと地元でニュースになっていたのだ。以前、出来たばかりの頃に一度来たことがあった。その時は植物も植えつけられたばかりで、偽物感が強くて正直がっかりしたのだけれど、時間が経った庭は、自然なニュアンスが生まれてなかなか素敵な場所になっていた。雨のせいか、緑が優しい色に見えたのも関係あるかもしれない。部屋にこもっての読書もいいけれど、散歩も良いものだなと思った、そんな雨の日だった。

Edith.

CHEAP CHIC
STYLE WALKING

BOOKSHOP, LOCAL PUB, GUINNESS, CHIPS, SOCKS CAT,
FLANNEL CHECK SHIRT, PARK, NAP,
OVERSIZED COAT, TAXI, BUS, SOUVENIR CAP etc.

photo: AYA SEKINE

イーディスはロンドンに住む高校生。これは彼女と一緒に秋のロンドンを歩いた散歩録。
この日のファッションは彼女の私服と私が用意した服での即興"チープシック"コーディネイト。
ネオンカラー使いのエコバッグをアクセントに、まずはブルームズベリー地区の裏道にある古本屋からスタート。

ローカルなパブではソックス（をはいているように見える）ネコがお出迎え。
彼女の名前はジャッキー、ここの女王様。威風堂々？

「ユニクロ」のフランネルチェックシャツの上にメンズの赤いTシャを着て、
パブの定番ギネスビール＆チップスと一緒にデイリーなパブ的ファッション
（フットボール好きなイメージで。ちなみにボトムは「アディダス」のジャージ）でポートレート。
1パイントのギネスはこの後私が美味しくいただきました。

私がロンドンを好きなのは歩くのが楽しいという理由が大きい。
ジョージアン様式の建物が並ぶ道。つい窓の中をのぞいてみたくなる。

リスのいる公園でゴロンとひと休み。ブランケット代わりのコートは、クリストフ・ルメールがアーティスティックディレクターを務める
「Uniqlo U」（ユニクロユー）のガンクラブチェックのステンカラーコート。ビッグシルエットで着たかったからメンズコートをチョイス。

小雨が降ってきたので今度はコートを傘がわりに羽織って。
塀から溢れんばかりに咲いている白い花の小道も発見。こういう風景に出会えるから散歩は楽し。

食品や日用品、それにお土産物まで売っているローカリーなショップで
コーディネート用にザ・お土産なキャップ£8.99を購入。"チープシック"は私の永遠のテーマでもある。
単に安価なアイテムを使うというのではなく、頭を使って自分のスタイルを作り出すという意味で。
それこそがお洒落の原点だと『オリーブ』時代に叩き込まれた。

本日の"チー散歩（チープシックスタイル散歩の略。笑）"、完了！

ブラウン・ベティーと呼ばれるイギリスのティーポット。
これはヴィンテージで、コレクションにしようと少しずつ集めている。
でも本当のコレクションアイテムはティーバッグのほう（笑）。
先っぽの紙部分のデザインに興味が湧いて集め始めた。

残念なコレクション（？）

　私の人生、何かと"残念"なことが多いのだが、なぜそうなるかという理由は自分なりに分析している。根気が無く、突き詰めるということができない性格。哀しいかな、そうなのだ。いいとこまではいっても、最後がフニャっともやっと、シュワ〜っと終わってしまう。そんなことばかり。ふぅ。

　何かを集めようと思い立っても、中途半端な状態で終わってしまうというか、長〜い冬眠状態に入ってしまいがちだ。mochaware、drabware、アイリッシュリネンのティータオル……。根気よく、コツコツと、とは思うものの、出会いが少ないものは途中でうやむやに終わってしまう。

　そんなわけで上記のもの以外にも、中途半端に存在するコレクションがいくつかある。例えばネコのプリントアイテム（次ページのオーブンミトンやティーコゼのようなもの）、コーニッシュブルー・パターンのお菓子箱、マーブルチョコがマーブルチョコ型の容器に入っているといった、お菓子そのものの形のパッケージとか（オレオクッキーやジャファケーキ……海外のお菓子で、このパターンを時々発見する）。eBayなどのオークションサイトをまめにチェックしていれば、もっと見つけられるのかもしれないけれど、何しろ根気＆資金力が無いからなあ（などと書きつつ、この原稿を書いている間にAmazon UKで駄菓子をドカ買いしてしまった。お菓子自体は安いけれど、海外からの送料はお菓子代の倍以上……ひゃっ。恐ろしい〜）。

　ただ前向きに考えると、いろんなことに興味があるということ、コレクションのテーマを多数持っているということは、楽しみが多いということでもある。これが役に立つかどうかはわからないけれど、自分の人生を楽しく充実させてくれるに違いない。そう信じつつ、のんびり、呑気に、残念コレクションを増やしていくつもり、なり。

(01)

(01) N.Y. の老舗デリカテッセン「ZABAR'S（ゼイバーズ）」で見つけたオープンミトン。
首輪の鈴と、ちょっと傾いだポーズがなんともキュート。後ろ姿には無理やりな尻尾も。ぷぷぷ。

（ 02 ）

（ 03 ）

（ 02 ）写真なのか絵なのか、判別が難しい黒白ネコのティーコゼ。まあ、どっちでもいいんだけど。
　　　　このコ、尻尾の先が白いのがポイント。
（ 03 ）賢者風の風貌の持ち主もティーコゼに。これは友人からのお土産。サンキュー、冷ちゃん。

ASIMO。角丸だな。

ロボットコーナー

　前に住んでいた家にはロボットコーナーがあった。キッチンのテーブル脇の
サッシの窓辺に。

　並んでいたのは、HONDAのロボット「ASIMO」のフィギュア。Panasonicの「エ
ボルタくん」（充電器タイプ）。それに『スター・ウォーズ』の「R2-D2」と「C-3PO」。
ロボットではないけれど、宇宙に住むいろんな人たちのフィギュアも（宇宙にはい
ろんな人種がいます）。

　引っ越しをしたときに、たくさんの荷物に紛れて行方がわからなくなっていた
ロボットやフィギュアたちが、このたび無事に発見された（クリスマスのオーナメン
トを入れた段ボールにしまってあった）。1年半ぶりの再会。

　特別にロボットが好き、というわけではない。SF好きでもなく、NASAのイン
スタグラムはフォローしているけれど、星に詳しいわけでもない。しいていえば
中学生の時から見続けている『スター・ウォーズ』が、ロボットコーナーの成り立
ち（?）に繋がったのかな。R2-D2たちのような人間味溢れるロボットが、宇宙船
に乗っていろんな星に行き、活躍する。そんなお話に夢中になっちゃったから、私
の頭の中での宇宙は、あの冒険活劇のイメージなのだ（ちなみに『スター・ウォーズ』
で一番好きな登場人物はもちろんR2-D2♡）。

　この中で一番の古株はASIMO。六本木ヒルズの森美術館に初めて行ったとき
に、ミュージアムショップで買ったものだから、かれこれ15年ぐらい前になるの
かな。軽快な音楽に合わせて、ASIMOが子供たちと遊ぶCFが好きで、なんだか
家に連れて帰りたくなったのだ。CFで見たASIMOの膝の関節の形や柔らかな
動き、それに中腰的な動きも、腰が低い人に見えてかわいいなと思って。それに
ASIMOは「ミレニアム・ファルコン」（『スター・ウォーズ』に出てくるハン・ソロ所有の宇
宙船）に乗っていても違和感ない気がするし（笑）。

　家電とか、車とか、パソコンとか、機械ものには興味がないくせに、でもロボット
には興味がある。いつか本物のロボットがうちにやってくる時代も来るのかな?

　その時は、動きがチャーミングで、人間味のあるコがいいなあ。

　ロボットではないけれど、『2001年宇宙の旅』の「HAL」みたいな人格だったら
怖いかも……そんなことを空想しながら、朝ごはんのトーストを咀嚼中。もぐもぐ。

発見された小さなフィギュアたち。
メンバーは私の好きな宇宙の人と人間味のあるロボット。
仲良さそうでしょ。

乾電池で動くエボルタくん。でもうちのエボルタくんは、充電器。
背中に乾電池を背負って充電をします（そして充電が終わると目でお知らせ）。
グランド・キャニオンやフィヨルドを登る活躍っぷりが有名ですが、今度は「エボルタNEOくん」というコが
厳島神社で約2.5キロの遠泳をするらしい。応援しています。頑張れ！

(01)

クリスマスオーナメント

　冬は私にとってハンティングの季節。狙うものは毎年決まっている、それはク
リスマスオーナメント。気になるものを見つけて、少しずつコレクションするの
が密かな楽しみなのだ。

　もうどれくらい前になるのだろう。最初のきっかけはザ・コンランショップで
ガーデンツールの形のオーナメントに出会ったことだった。ジョウロやシャベル
という、クリスマスとは関係のないモチーフがオーナメントになっているのが新
鮮だったのと、それがガラス製で、シャベルの細長い棒の部分まで繊細に表現さ
れていたのにびっくり。一瞬で目とココロを奪われてしまった。その後、シアトル
へ旅した時に、バラードという洒落たショップが集まる地区のインテリアショッ
プで、再び衝撃的にかわいいオーナメントとの出会いがあり（やはりガラス細工の中
国ランタンや小さなイヌイット、クジラや一角獣という海の動物のものなど、これまた今までの
クリスマスオーナメントのイメージとは全く違ったモチーフだった）、私のオーナメント熱
は一気に加速した。

　N.Y.のジョン・デリアンのショップではキュウリやチコリといった野菜シリー
ズ、ロンドンのリバティでは赤いポストやバッキンガム宮殿といったイギリスモ

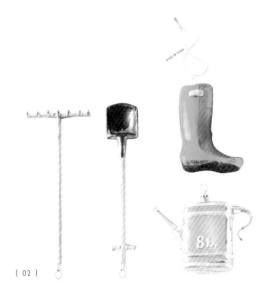

（ 02 ）

チーフを。東京よりもオーナメントが充実している海外でハンティングしたいがために、冬の旅が多くなる傾向もあったりして。

　そして2019年10月、この本の撮影のために私はロンドンにいた。このタイミングではまだクリスマスオーナメントには出会えないと思いきや、すでにリバティではワンフロアがすっかりクリスマスショップに（パチパチ←拍手です）。その時に見つけたのが明らかにキッコーマンなソイソースと海苔巻き（鉄火巻き？）のオーナメント。クリスマスツリーにお寿司？　この意外な組み合わせに思わずクスッと笑ってしまったけれど、でもこれって結構、感動ではないですか？　なんて斬新、そしてなんて自由なんだろう、クリスマスオーナメントって！

　さてさて、来年はどんな驚きモチーフに出会えるんだろう。もうすでに今から楽しみなんだけど。

（ 01 ）いろんなサイズや形のキュウリのオーナメントをペンシルベニアのマーケットで買ったピクルスの瓶に入れてみた。（ 02 ）私の"オーナメント熱"のきっかけはレーキとシャベルのガーデニング・シリーズから。こんなに細い棒状のディテールをガラスで表現できるなんて本当に驚き！

(01)

(04)

(02)

(06)

(07)

(03)

(05)

(08)

（01）シアトルで見つけたランタンのオーナメント。アジアンテイストが新鮮で、これもオーナメントに夢中になるきっかけの一つに。 （02）こちら実物大のフォーチュンクッキー。キラキラのラメがインパクト有り。 （03）チャイニーズボックス型も。トップには小さなフォーチュンクッキー付き。 （04）ホリデーシーズンのリバティはワンフロアがクリスマスショップに。イギリスらしいモチーフもいろいろと揃っていて、これはお馴染みの赤いポスト。 （05）ペアで飾りたいスタッフォードシャー・ドッグたち。凛々しい眉毛にご注目。 （06）（07）2019年の新作にはジャパニーズテイストが。SUSHI&SOY SAUCEだなんて思わず笑ってしまった。 （08）「気をつけ」のポーズ？ 姿勢の良いクマは赤いリボンでおめかし。

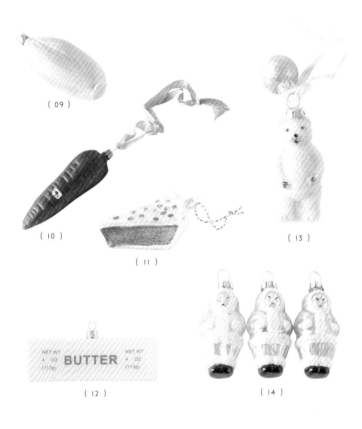

(09)

(10)

(11)

(13)

NET.WT
4 OZ
(113g) BUTTER NET.WT
4 OZ
(113g)

(12)

(14)

(09)チコリもモチーフに。でもなぜ野菜なのかな？(10)人参だってあります。葉の代わりに緑のリボンが
付いていたのがチャーミング。野菜シリーズはN.Y.のロウアーイーストサイドにあるジョン・デリアンのショップ
で購入。ここではいつも大散財してしまう……。テリブル、テリブル。(11)キラキラ仕様のブルーベリーパイ。
この派手さがアメリカンでGOOD！(12)最近加わったコレクションはバター。シンプル、でも斬新な一品。
クリーム色のベースにブルーの文字というのも洒落てる風味。(13)シアトルで出会った小さな白クマは首
を傾けた何とも愛らしい表情。君、かわいいなあ〜。(14)3人の小さなイヌイット。これまた表情が好き。
アイシーな水色のウェアと手の位置もお気に入りポイント。

食器、虫干し中。このほとんどがParatiisiだったりする……。
こんなに要らないだろうと、自己つっこみ。

食器の虫干しとParatiisi

　夏。暑い、暑い、毎日。しかも湿気も凄い。ただでさえ湿気の多い鎌倉では、家の中のものがカビないように、夏の虫干しは欠かせない行事だ。そんなわけで晴れた日の休日には、家の窓や扉を全部開けて、椅子、カゴやざる、せいろや木製のカトラリーなど、カビが好きそうなものを全て庭に出して、お日様に当てて虫干しする。同時に台所の戸棚の中にある食器も全部取り出して、棚を水拭きして風を通す。これは"プチ引っ越し"的な、なかなか大変な作業だけれど、これをすると隅っこに追いやられていた食器に気づいたり、不要なものの整理ができるという利点もある。

　それから戸棚を乾かしている間に、思い切ってあまり使っていなかった食器も洗ってみる。それを清潔なキッチンクロスできれいに拭いてから、裏面を上にして、ダイニングテーブルの上に並べ、さらに乾かしてみる。言うなれば食器の虫干し？　きれいに並んだ虫干し中の食器は見ていて気持ちの良い風景でもある。ただ、こんなに使っていない食器が家にあるのってどうなんだろう、という疑問は湧くけれど……。

　一時期よく使っていた「Paratiisi（パラティッシ）」も、戸棚の奥にしまっていたせいか、その存在をすっかり忘れていた食器だ。

　1969年にビルガー・カイピアイネンによってデザインされたこのシリーズは、ARABIA（アラビア）社のロングセラーとなっている。私が持っているのは白と黒のモノトーンのもの。果物や植物のモチーフの柄が全面に使われているから、一見使いづらそうな印象があるけれど、実は意外と何でも受け入れちゃう食器なのだ（和食のおひたしや、煮物だって結構いい感じに似合うのよ）。

　虫干しのおかげで再会した（？）Paratiisi。せっかくだから久しぶりに使ってみようっと。

スキレットで焼いた小ぶりのトースト（だいぶ焦げてます）。
バタートーストだけのシンプルな朝食も寂しく見えないのは、
クロスグリの実（と想像する）がアクセントになってるから、かな？

「IKEA FOOD（イケア・フード）」のミートボールでお昼ごはん。
クランベリージャムがなかったので、「London Borough of Jam（ロンドンボローオブジャム）」の
ラズベリーとハイビスカスのジャムを添えてみた。

机の上の本たちを何冊か紹介。L.A.のカフェ「Sqirl（スクアール）」のレシピブック『Everything I Want to Eat』(Koslow)。いつかここのブリオッシュトーストを食べてみたい。

ベルリンに拠点を置く出版社ゲシュタルテンから発売された、世界各地のファーマーの現在の在り方、ライフスタイルをレポートした本の日本語版『Farmlife 新・農家スタイル』（グラフィック社）。

机の上の本

　リビングの片隅にある机の上には、お気に入りの写真集や小説、絵本などを積み上げるように置いて、いつでも手に取れるようにしている。ふと眺めたくなったり、何か刺激を得たい時に、本を探さなくてもすぐにページを捲れるように。

　その中の一冊が『COUNTRY』(OCTOPUS BOOKS)。著者はデザイナーのジャスパー・コンラン（父は「ザ・コンランショップ」のサー・テレンス・コンラン）。イギリスの田舎の原風景を美しい写真で綴った見応えのある写真集だ。春を告げる水仙の群生、マナーハウス、農作物の品評会（ディスプレイがたまんない）、ガイ・フォークス・デイ（イギリスの焚き火祭り）、湖水地方で行われる伝統的なスポーツイベントでのレスリングの不思議なコスチューム、それに「AGA」のキッチンストーブのある台所（私の憧れ）などなど。

　文章を追わなくても写真からストーリーが伝わってきて、眺めるたびにうっと

『COUNTRY』。表紙の写真が美しすぎて、この中に吸い込まれてしまいそうな気持ちになる。私が持っているのはコーヒーテーブルブック的に分厚い大判本だけれど、今はコンパクトサイズも出ているみたい。

『Dark Rooms』(MACK)。ナイジェル・シャフランはとても好きな写真家。JIL SANDER 2019年秋冬キャンペーンも素敵だった。昔の作品集『Ruth Book』は私の宝物。

りと、この本の世界に入り込んでしまう。

　写真集やアーティストの作品集、マンガ、郷土料理の本など、ジャンルはバラバラだけれど、この本の集合体は私という人物をよく表しているのだろうなと客観的に思ったりする。だって、このお気に入りの本たちは確実に私のセンスを作り上げているのだから。

　好きな写真集や雑誌の写真は、集中して眼でスキャンするように記憶する(勝手に「眼憶力」と名付けてる)。その時は写真の世界観や背後に潜むストーリーなども読み取るように注意しながら。そうやって記憶(情報)を自分の頭の引き出しにしまう。時間が経ってもそうやって残したものは意外と覚えているものだ。もし忘れてしまっても、その時の集中した時間は形を変えて、きっと自分の何かになっているはずだと信じている。

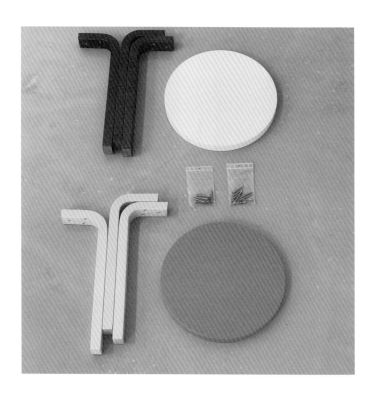

スツールは組み立て式。脚のカーブがきれい。

stool 60

　フィンランドを代表する建築家アルヴァ・アアルト。生誕120年にあたる2018年に神奈川県立近代美術館で開催された「アルヴァ・アアルト──もうひとつの自然」展に行ってきた。パイミオに造られたサナトリウム（1933年）の再現や、アアルトが撮影した当時のフィンランドの様子がわかる映像、建築の模型があったりと、とても充実した内容だった。でもどちらかといえば建築家としてのアアルトよりも、家具やプロダクトデザインのほうが私たちには馴染みがあるかも。パイミオのサナトリウムのためにデザインされたアームチェア「41 Paimio」をはじめ、ヘルシンキのサヴォイレストランのためにデザインされたペンダント「A 330S（ゴールデンベル）」、他にも「artek（アルテック）」のサイドテーブルや、「iittala（イッタラ）」のフラワーベースなど。なかでも私たちが最もよく目にしているのは、穏やかな脚部のカーブが特徴的なバーチ材を使ったスツールなのでは。名前は「stool 60」。このスツール、3本脚なんですよね。なんと大胆なデザイン！　うっかり前のめりになると転んじゃいそうな……。でも3本脚だからこそ魅力的。安定の良い4本脚バージョン「stool E60」もあるけれど、でもね、脚の部分が窮屈そうに見えてしまう。

　この「stool 60」はヴィープリ図書館のためにデザインされた椅子だからなのか、公共の施設によく似合う気がする。スタッキングできるのも便利だし、視界を邪魔しないデザインというか、主張が少ないデザインなので、どんな場所にもすんなり馴染む。普通に見えて、なんてことなさそうな印象があるけれど、でも実は細部にオリジナリティが溢れていて、どこを切り取ってもデザインとして完成されている。それがこのスツールの凄さなのだと思う。

　知り合いのデザイン事務所や、カフェ、ショップの片隅にこのスツールがあると、「おっ、いい椅子を置いてるな」と思う。それは一見普通なこのスツールを選ぶ人＝センスがいい、という図式が私の中にあるから。そしてそれはアアルトのプロダクト全般に言えるかもしれない。

私もついに「stool 60」を買ってみた。箱のグラフィックデザインも素敵。

……でも私が選んだのは、オランダのデザイナー、ヘラ・ヨンゲリウスのモデル。やっぱり天邪鬼かな（笑）。

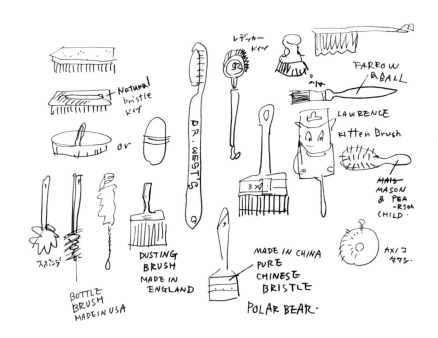

レデッカー
ドイツ

Natural
bristle
ドイツ

or

DR. WEST'S

FARROW
& BALL

LAWRENCE
kitten Brush

MAIS
MASON
& PEA
-RSON
CHILD.

DUSTING
BRUSH
MADE IN
ENGLAND

スポンジ

BOTTLE
BRUSH
MADE IN USA

3×4

MADE IN CHINA
PURE
CHINESE
BRISTLE

POLAR BEAR.

カメノコ
タワシ.

撮影前はこういうラフを繰り返し描いて徐々にイメージを膨らませていく。
そんな私のイメージラフがまさかの採用に〜。

ブラシざんまい？

理由はよくわからないけれど、昔から掃除道具に惹かれる自分がいる（掃除は苦手なのに……もにゃもにゃ）。中でもブラシ類が特に好きなのは、薄毛家系に生まれたゆえの、密集した毛への憧れなのかしら（うるうる）。

巨大な歯ブラシ、ダストブラシ、たわし、ペンキ用の刷毛……。思い立って家や仕事場で使っているもの、撮影用の小道具としてストックしているものなどを集めてみたら、自分の想像以上に "ある" ことが判明。しかも何だか同じようなものがたくさん。機能がそのまま形になっているような、意味がある形の道具が好きだから、似たようなものが集まってしまうのだろうか。

ただ形は似ていても、買った場所は様々だったりする。ベルリンの安売りスーパー、昔ながらの道具を扱うロンドンの雑貨屋、ハワイのホームセンターなど、旅先が多いのは「日本にはないものを」と、いつも探しているからかもしれない。お洒落ではない、町のよろず的雑貨屋やローカルなスーパーは、自然とデッドストックになった（つまりは売れ残り）アイテムが見つかったりして特に狙い目だ。そういう店では店内をグルグルと周回して、つい長居をしてしまう。

当たり前のことだけれど、掃除や洗濯といったハウスキーピングには終わりがない。いつもきちんと家が片付いているきれい好きな友人たちは、小まめに片付けていれば楽なのよと教えてくれるが、怠け者の私にとってそれは至難の業だ。汚れているよりはすっきり片付いているほうが気持ちいいのはわかっているのに、でもできない（そんなココロの葛藤が捻れて掃除道具への偏愛となっているのかも）。そんな自分に喝を入れるために、多少値段は張ってもお気に入りの道具を選ぶようにしている。ブラシは小さいし、存在感も控えめだけど、やっぱり好きな形にこだわりたい。毛足が長いと埃を払うのに便利とか、お風呂掃除には爪ブラシが意外と使えるとか、そんな新しい発見をしつつ、お気に入りのブラシでゴシゴシと、今日も掃除ゴコロを盛り上げ中なり。

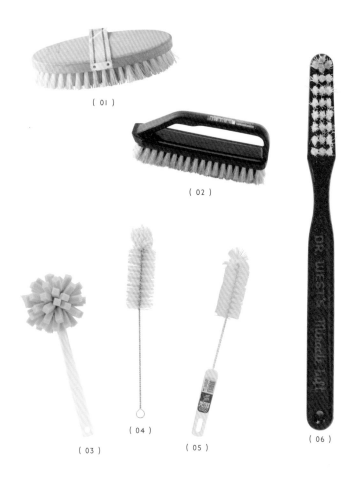

(01)

(02)

(04)

(03)

(05)

(06)

（01）タイル用？ 持ち手部分が布なのが今や珍しい感じ。（02）これも床、タイル用。先が三角なのが
使いやすい。（03）スポンジブラシ。なんだかユーモラスなバランス。（04）トップがウール素材になっ
ているのは、ガラス製品を傷つけないように。ドイツ「レデッカー」ボトルブラシ。（05）これもボトルブラ
シ。こちらはウールなし。アメリカ製だからなあ……。（06）おそらくメーカーの販促品だったのであろう、
長さ50cmほどある大きな歯ブラシは、N.Y.のアンティークディーラーから購入したもの。

(07)
(08)
(09)
LAWRENCE
Kitten Brush
(10)
(11)
(12)
(13)
(14)

（07）ドーナツ型の亀の子タワシ。素材はホワイトパームで、元々は白かったあなた。（08）ヘアブラシといえばこのメーカー、イギリスのハンドメイドブラシ「メイソンピアソン」。これは柔らかな猪毛を使ったチャイルドブリッスルという子供用ブラシ。（09）埃をさっさと、割と大雑把に払う用、かな。（10）ナショナルトラストでも使用されているペイントメーカー「ファロー＆ボール」の刷毛。（11）「POLAR BEAR」というブランドの中国製のペンキ用刷毛。（12）ホルダー付きなのが珍しい。でも、いつどこで買ったかは全く記憶にないのであった……。（13）イギリス製の掃除ブラシ。毛足が長いから窓の桟の埃を払うのに便利。（14）パリのペット用品店で見つけた仔猫用の毛取りブラシ。どことなくアニメ風なイラストに惹かれて購入。

こちら、小さい方のチーズ。でも実はお菓子のグミ。食パンにのっけたら本物のチーズみたい。

大きなチーズと小さなチーズ

　例えば牛乳のとろんとした白い色。テーブルの上にこぼしてしまったときのかたちの面白さ、そのまるみ。あるいは静謐(せいひつ)さを感じさせるバターの薄いクリーム色。ヨーグルトの清潔感のある白。穴あきチーズの穴の具合や、スライスチーズの表面のマットなツヤ感も。乳製品のあれこれは、いつも私にインスピレーションを与えてくれるありがたい存在だ。

　コップに牛乳をなみなみと注いだときの表面張力。こんなことも自分にとってはたまらない現象なのだが、他の人はどうなのかな？　他の人はともかくスタイリストの私としては、この "たまんなさ" をどうにかスタイリングに落とし込めないかと考える。面白く、自分らしい表現に繋げられないかと。私のスタイリングに牛乳やチーズがよく登場するのは、こんな理由が隠れていたのだ。わざと牛乳をこぼしたり、生クリームをクマのぬいぐるみの顔に塗ってみたり（すまん……）。それを見た人がどう感じるかはさておき、自己表現優先で。でもこれってスタイ

108

大きなチーズはクッション？ それとも本物？

リストの性（<ruby>業<rt>ごう</rt></ruby>？）なのかも。

　食品そのものに限らず、ミルクボトルなどのパッケージや乳製品をモチーフにしたオブジェや雑貨も、もちろん気になる。最近出会ったのは巨大なチーズの帽子。これはアメリカ、ウィスコンシン州グリーンベイに本拠地をおくNFLチーム「グリーンベイ・パッカーズ」の応援用グッズで"チーズヘッド"と呼ばれているものなのだそう。ウケる〜。これを被ってお風呂に入るのはどうかな、シャンプーハットみたいにして髪を洗うとか、歯を磨いているのもおかしいかも（あ"お風呂場"という場所も私のインスピレーション源なのです）、そんなイメージが次々と降りてきたものの、今回はベーシックにポートレートを撮ってみることに。でもこのチーズヘッドを被った人たちが大勢いる場所で、この帽子を被ってモード撮影したら面白いだろうな、なんてことも考えたり。こんな妄想タイムが自分にとっては一番楽しかったりするのだ。

巨大チーズ帽のポートレート。パシャ。

ネズミグミのトーストサンド。美味しくないでちゅ。

LILLIE O'BRIEN
of
LONDON BOROUGH
OF JAM

VICTORIA PLUMS, GREENGAGES, RASPBERRIES,
RHUBARB and SEVILLE ORANGES, BAY LEAF, CARDAMOM,
COCOA NIBS, LEMON VERBENA,
WILD FENNEL POLLEN and VERJUICE.

photo: AYA SEKINE

取材のためにイーストロンドンにあるショップを訪れたのは、お天気の良い火曜日の午後。ショップは金曜日、土曜日、日曜日にだけオープンするので今日は定休日なのだ。

　待ち合わせ時間を少しばかり過ぎた頃、リリーは、両手いっぱいの赤ジソの束を抱えて現れた。聞けば自宅の庭に植えたものが見事に育ったのだそう。日本だと地味なイメージの赤ジソも、ロンドンの空の下、しかもリリーが抱えているとシックで洒落た植物に見えるから不思議だ。

　「これを乾燥させてお茶にするのはどうかしら」

　「コーディアルは？」

　「塩を加えてゆかり（を知っていた）にするのもいいかも」

あまり馴染みのない素材にも次々とアイデアが湧くらしく、そんなことをあれこれ楽しげに話す姿がチャーミングで、こちらもつい微笑んでしまう。

イートインもできます。サワードゥのパンにジャムが3種類。
ジャムを入れている箱は果物が入っていた木箱をリサイクルして作ったもの。

ラベルデザインは
グラフィックデザイナーである
ご主人のマーカスが担当。

　彼女、リリー・オブライエンはオーストラリア生まれのジャムメーカー。ロンドンの有名レストランSt. John Bread & Wineでのパティスリーシェフを経て、2011年に自身のジャムブランドLondon Borough of Jam（以下LBJ）を立ち上げた。日本でも2017年から販売をスタートしているので、すでに彼女のジャムのファンという方も多いと思う。

　「ルバーブとカルダモン」、「ブラックベリーとベイリーフ」、「ダンソンプラムとブラックペッパー」、「セビルオレンジとカモミールのマーマレード」。こんな風にLBJのジャムは旬のフルーツにスパイスやハーブを絶妙に合わせたフレーバーが特徴だ。新しい感覚というか、その意外性が新鮮。でもそのコンビネーションによってフルーツ本来の味や香りが引き立って、美味しいジャムに仕上がるのだ。そんなリリーならではのジャム作りのセンスはどこから生まれるのだろう？

　「ジャムの素材の組み合わせについてはよく質問されるけれど、素材同士のコンビネーションの良さは経験からわかるの。だから作る前から味は大体想像できているのよ」とリリーはこともなげに言う。

　「カルダモンとフィグ（イチジク）のように、味の強いもの同士は合わせないようにしたり、バランスを取ることが大切ね」とも。バランス？ それは味覚のセンスが無いと難しいのでは、と素人は思っちゃうわけだけど……。

　「例えば家の庭で育ったイチゴとラベージ（セロリに似た味のハーブ。種はスパイスとして使われる）のように、同じ季節に同じ場所に生えているものは相性がいいの。こんなふうに自然から教えてもらうこと、インスパイアされることがいっぱいあるわ」

　ある時、調理しようと鳩を捌いていたら中からグーズベリーが出てきて、鳥も自分たちも、同じように季節の恵みをいただいているのだと感じたというエピソードも。そんな話を聞いていると、季節の移り変わりを繊細にキャッチし、感じ取る、もしかしたらそんな力も彼女のジャムを特別なものにしている理由の一つではないかと思ったり。

ずらりと並ぶジャムは圧巻。

117

リリーがジャム作りを始めたのは、高校を卒業してシェフになる勉強を始めた18、19歳の頃。実験的（という言葉を彼女は使った）に作り始めたのだそう。オーストラリアの実家にはいつも母親が作ったホームメイドのマーマレードがあって、キッチンの戸棚の一番上の棚には旬の時期に安くなった果物を使ったジャムやチャツネが、プレスされたリネンと共に並んでいたそうだ。確かに果物は旬の時期が一番美味しく、そして値段も安く手に入れやすい。

　「季節のものにこだわる」

　「旬を大切に」

　これはインタビュー中にリリーが何度も繰り返した言葉だけれど、日本のフルーツについて質問した時の答えに思わずハッとさせられた。

　「日本に行って驚いたのは、冬にイチゴや桃が売られていたり、メロンが一年中あって、しかもその値段の高いこと！」。

　確かに私たちは"旬"について鈍感になっているのかもしれない。一年中売られていることの便利さに慣れて、季節の感覚が麻痺しているのかも。旬の美味しさは自然からのギフトなのに。

　もう一つ、リリーは日本のフルーツの甘さも気になっているようだった。フルーツの甘さを好む（良しとする）日本人の嗜好、それに合わせて改良を重ねる日本人の真面目さ。でもその真面目さがフルーツ本来の味を奪っているとしたら皮肉なことかもしれない。

　リリーの著書『FIVE SEASONS OF JAM』ではレシピと共にジャムを巡るあれこれが紹介されている。農園でのベリー・ピッキング、自宅近くの線路の脇に生えている野生のフェンネルから花粉を採取したり（これもジャムに加える）、シーバックソーン（グミ科の植物）が育つスコットランドの西海岸を訪ねたりと、フレッシュな材料を追いかけ、四季それぞれのジャムを作る。その楽しさが伝わってくる。ジャム作りに大切なのは、素材と経験とセンス、それに好奇心。あと遊び心も必要なのだなと気づく。

これがトルコ産「Miss Figgy」。
ふっくら。そして大粒。

こじんまりとしたショップの中央にあるカウンターテーブルの内側がキッチン。
大皿にこんもりと盛られているのはどちらも花梨。右はmedlarという種類。

日本に来た時もジャムの素材探しをするそうで、松本ではグーズベリーを見つけたと楽しそうに話していたし、桜の花びらもジャムにするそうだ。これも好奇心の賜物かな。

この日、ショップには"Miss Figgy"というトルコ産のフィグが用意されていた。これを熱伝導の良いコッパーパン(銅製の鍋)で煮て、アールグレイの茶葉を加えて仕上げるのだそう(このジャム、本当に美味しいの)。出来上がって瓶に詰める時は、こぼさないよう注意しながら。最後まで大切に、全部入れられた時は嬉しい。そう話したリリーの笑顔がまたチャーミングだった。

119

Lillie O'Brien ／リリー・オブライエン
オーストラリア出身。
ロンドンの有名レストランSt. John Bread & Wineのペストリーシェフを経て
2011年に自身のジャムブランドLondon Borough of Jamをスタート。
LBJのジャムはフルーツの含有量が多いため、ペクチン等の添加物は一切加えず、
良質な素材と少量生産にこだわって製造されている。

@londonboroughofjam
http://www.londonboroughofjam.com/
https://shop.boroughofjam.com/

Miss Figgy   *Mi.*

Miss Figgy   *Miss Fi.*

Miss Figgy   *Miss Figgy*

'iss Figgy   *Miss Figgy*

'iggy   *Miss Figgy*

Miss Figg'

ロンドン最終日の朝ごはん。冷蔵庫に残っていたヨーグルトとりんごで簡単に。

朝の時間

　一日の中で一番好きなのは朝。前日の疲れやイライラ、夜中に自分を襲った暗い記憶も、朝の光がリセットしてくれる気がするから。我が家の場合、朝日は向かいの山の木の間から射してくる。そのタイミングに合えば、頭を垂れ、手を合わせる。なんというか、感謝の気持ちしかないのだな。清々しい朝の光には。

　チュピチュピという鳥の声で目覚めるのも朝の幸せの一つだ。これはカントリーサイド暮らしならではの恩恵だと思う。でも本の撮影のために訪れたロンドンでも、鳥の声が朝を教えてくれた。しかもカモメ？ 最初は不思議に思ったけれど、きっとテムズ河や運河の辺りに住んでいるコたちなんだろう。

　朝のルーティーンはだいたい決まっていて、まずはお白湯を作る（15分火にかけるという方法）、その間にココナッツオイルでオイルプリング、ネコの餌やり＆トイレの掃除、お弁当作り、洗濯、モップで簡単掃除とやることはいろいろあって、でもその間に『あさチャン！』からの『0655（ねこのうた）』、またワイドショーに戻って連続テレビ小説と、TVも観たいのでなんだかとっても忙しい。そんな訳で早起きしているのに、いつも遅刻気味に出かけることとなってしまう。

　ロンドン滞在中はTVタイムを省けたから、割とゆったりとした時間を過ごせた（笑）。電気ケトルで沸かした簡単お白湯を飲み、いつものオイルプリング、それから朝ごはん。今回、近くにあった朝食屋が閉店していたので、部屋で簡単に済ますことが多かった（今思うと緊張していたのだろう、胃の負担にならないものを選んでいた気がする）。そんな朝食の後は濃い目のミルクティーをお代わりしつつ、その日にすることを確認、時間に余裕があれば小説の続きを読んだりと、久し振りにゆったりとした朝の時間を過ごせた。いつもこうありたいと思うけど、TVも捨て難い。ああ煩悩め。

左側4枚はロンドン滞在中の朝ごはんスナップ。
トーストとりんご、時々チーズや
スプラウトをプラス、それにミルクティー。
トーストは4つにカットして食べる派。

初めてのロンドン旅行でのミッションは子供の頃から大好きなパディントンに会いに行くことだった。
その途中で体調を崩し、ほとんどB&Bで寝ていたのだけれど、なんとか頑張って1人でパディントン駅へ。
「Where is Paddington?」と聞く小さな日本人に、親切なイギリス人が指差してくれたのは小さなクマの人形。
もっと大きいと思っていたよ、パディントン。でも君は"非常に珍しい種類"の小さなクマだったね。
……そんな思い出もあります。

お話の世界へ

　お話界。そんな世界があるのをご存じだろうか。

　空想好きの人間だけが入れる、特別な場所……なんていうのは嘘だけど、むくむくとわき上がる想像の世界、それは自分の中にあるのだ。十分大人になった今でも、時々、絵本や児童文学を読みたくなってしまう人、ひょっとしたらあなたもお話界の人なのでは？

　もちろん私もお話界の住人で、未だに人間と動物が一緒に食事をしたり、お茶を飲んだりという物語が好きだし、今朝もリスベート・ツヴェルガーが挿絵を描いた『LITTLE RED CAP（赤ずきん）』の絵本を眺めてから家を出た。赤い帽子にかわいいエプロンを結んだ、この絵本の主人公が大好きなのと、仕事前のイメージトレーニングも兼ねて。でも本当はこの本の世界観に浸って暮らしたいという、半ば逃避の気持ちのほうが強かったりするのだけれど。

　子供の頃から、パンを入れたカゴを持つ姿や、ガチョウ用にチョッキを作るおばあさんとか、テーブルに乗っかって菓子パンを食べる変テコな帽子をかぶったクマ、そんなお話のディテールが好きで、それをさらに自分の頭の中で想像を膨らませて（例えばテーブルクロスの柄とかお皿の模様とか）、イメージを足しながら物語を読んでいた。

　そんなことがベースになっているのか、今でも仕事でスタイリングをするときは、まずストーリーから考えることが多い。この女の子がピンクの服を着ているのは、いつの間にかピンク色に囚われてしまったから、みたいな。オチはあまりないけれど、小さなディテールを積み重ねてページを構成していく。最近では一日中お茶を飲んでいる女の子のフォトストーリーや、アートとしての脅迫状を作る女の子ファッションとか。かなり変テコではあるけれど、でもきっとそれが私の中に潜む物語の一部なのだと思う。

『不思議の国のアリス』のパッケージに惹かれて買ってみた紅茶。

ティーバッグのタグ（?）には「DRINK ME!」。かわいい。

アーミッシュの町へ

フォトグラファーの大段まちこ、デザイナーの岡村佳織とともに自主制作している「A VERY MERRY EVERY DAY to you 日めくりカレンダー」。2019年版はテーマを"アメリカ"と決め（2018年版は"イギリス"だった）、約2週間の日程でブルックリンをベースにした撮影の旅に出た。

撮影場所が都会だけだとつまらないからと、少し郊外に足を延ばすことにして、ブルックリンから車で約3時間のペンシルベニア州ランカスターに行ってみることに。ここは以前から興味があったアーミッシュやメノナイト派の人々が多く暮らす地域で、若い頃に買ったビル・コールマンの写真集『THE GIFT TO BE SIMPLE』や、映画『刑事ジョン・ブック 目撃者』を観て、私が密かに憧れていた場所だ。実際にその場所に行けるなんて、とひとり心は躍る。

ハイウェイを降りて宿を目指す道すがら、ふと目に入ってきたのはアーミッシュの若い男女がボール遊びをしている光景。女の子はシンプルなワンピースにエプロン、男の子はシャツに黒い吊りズボン。目の前に写真集の世界が突然現れたことにびっくり。しかもあまりに普通に。というのは、もっと閉鎖的な暮らし方なのではないかと勝手に想像していたのだ。だけど滞在している間に目にしたのは、ファミリーレストランで家族で食事をしている姿だったり、市場で働いている姿だったり、家も普通の人とアーミッシュの家が隣同士だったりと、地域と共存しつつ普通に生活しているのがなんとも意外だった。バギーと呼ばれる馬車と、車が同じ道を走っていたりして。でも、こういう「共存」になんだかほっとする（勝手な気持ちですが）。

そのバギーの音はこの旅の思い出の一つとなった。宿泊したB&Bで夜に聞こえたバギーを牽く馬の蹄の軽快なリズム。パカパカと遠くから小さく響いてきて、通り過ぎた後にまた消えていく。その音の余韻が心地良くて、もっと聴いていたいなと思いながら、いつの間にか眠りに落ちた。

アーミッシュの食品店。瓶が並ぶ風景に（静かに）興奮。

同じ食品店で売っていた食パン。こちらもシンプルなパッケージ。

定休日で閉まっていた観光施設の風景。
巨大なアーミッシュ・ファーマーに写欲を刺激された私（笑）。
これ、あまり大きく見えないけれど、股下が私の背丈ぐらいあるんですよ。

マーファの夜のメインストリート。
改めて見直してみると映画のワンシーンのような風景。
本当にね、夜が暗いの。

マーファへの旅

　旅のきっかけを逃さないようにしたいと常々思っている。多少スケジュールがタイトでも、迷惑かけちゃう人がいても、だ。だって旅はタイミングが肝心。行きたい場所に行けるチャンスはそうそう巡ってこない。

　マーファへの旅もそうだった。憧れの場所に行ける幸運に感謝しながら旅の準備を始めた。といっても、エアーチケットもホテルの手配も人任せだったから、ほぼ何もしていないのだけれど（言うなれば「気分」の準備かな？）。

　マーファはアメリカ、テキサス州にある小さな町。でもここはミニマル・アートを代表するアーティスト、ドナルド・ジャッドが70年代に移り住んだことと、マーファライトという不思議な光で有名な場所だ。

　そもそも私がここに来てみたいと思ったのは、その前の年にN.Y.のソーホーにあるジャッドの住居兼スタジオ、101 Spring St.を見学したことがきっかけだった。正直なところ、この時はほとんど"ノー知識"で見に行ったのだが、作品、そしてインテリア（特にキッチンとダイニング）に心を奪われてしまった。そんなわけでいつかマーファへ行ってみたいと思うようになったのだった。

　そんなこともあって実現したマーファーへの旅……とはいえマーファは本当に遠かった。最寄りのエルパソ空港から車で3時間（そもそもエルパソに着くまでに波乱の乗り継ぎがあり、奇跡的にたどり着いた感があるのだが）。アメリカのハイウェイを飛ばしての3時間はかなりの距離がある。しかもマーファとは逆方向にあるホワイトサンズという場所に寄り道してから向かったので、マーファの町に入った時はもう日没で、マーファライトが（果たして）あったのかどうかにも気づかずな状況だった（でもとてもきれいな夕暮れだったのは確か）。

　次の日にジャッド関連の施設をツアー見学して、美味しいブリトーを食べて、この地を後にしたのだが、この旅はまだ自分の中で噛み砕けずにいる気がしている。だからもう一度訪ねてみたいような、でもこのまま記憶の中に置いておきたいような不思議な感じだ。でも一つだけ確かなのは、とてもいい旅だったということ。誘ってくれた友人に感謝！　なのでこの旅の話の続きはまたいつか、に。

(01)

(02)　　　　　　　　　　　　　　　　　　　　　　　　　(03)

（ 01 ）メインストリートにあるジャッドの施設の一つを、通りから窓越しに撮った1枚。長いテーブルや古いままの天井……作品のある空間自体がそのまま一つの作品のよう。（ 02 ）ブティックとキャンディショップというユニークな組み合わせのショップ。キャンディポットがずらりと並ぶ、かわいい風景。（ 03 ）美味しかったブリトー。地元で人気のMarfa Burritoにて。

(01)

チャイナタウン・パトロール

　時々、思い出したように横浜のチャイナタウンへ出掛ける。メインの目的は
シュウマイ（餃子よりシュウマイ派です）やマーラーカオ（中華蒸しパン）といった買い
出しだけれど、それと一緒に雑貨屋のパトロールも欠かさない。

　パトロール対象はクラシックな白×ブルーのホタル焼きの食器や、ビーズ刺
しゅうのスリッパなど、昔ながらの中国雑貨を売っている土産物屋、カンフー
シューズの店など。ただそれは新しいものを探しに行くのではなく、定番商品が
消えていないかをチェックするために行っているようなところがあって、という
のもパトロールする店は、年々、品揃えが寂しくなり、新興勢力に押され気味。定
番雑貨を愛する者としては危機感を抱いている状況なのだ。

　旅先でもチャイナタウンがあれば必ず一度は行ってみるようにしている。N.Y.、
サンフランシスコ、ロンドン、ホノルル、それに神戸も。一括りにチャイナタウン
といっても、その土地柄や建物のせいなのか、それぞれに雰囲気が違っている
のが興味深いのだ。N.Y.ではチャイナタウンのホテルに泊まることが多いので、通
りの喧噪が聞こえる部屋で過ごしつつ、ローカルなコーヒーショップでCongee

(02)

（粥）の朝食を食べたりして、異国の中の異国感を満喫する。時間に余裕があれば
裏通りの散策も。通りの、そのまた向こうへと行ってみたい、知りたがりの自分。
要するにパトロール好きなのだな。

　もちろん定番雑貨パトロールも怠らずに。海外のチャイナタウンではまだまだ
健在なホタル焼きの食器は必ずチェック。日本では見かけない「小どんぶり」サ
イズがあったり、ブルーの色味が微妙に違ったりと、一見同じようだけど、同じで
ないものがあるから気が抜けない。その微妙な違いをチェックしつつ、自分の気
に入ったものを探すのがまた楽しみでもある。かなりオタクっぽいけれど（笑）。
こんな風に出掛けた先でもコツコツと店と雑貨をパトロール。そんな旅が好きな
私、ちょっと変わってるのかな？

（ 01 ）N.Y.のチャイナタウンで見つけたものの買いそびれ、その後香港で手に入れたノスタルジックなティー
バスケット。中は布張りでポットとカップが収まるようになっているので、保温性もありつつ持ち運びができる。
（ 02 ）少しずつ買い足しているホタル焼きの食器たち。旅先で買ったものが多いからか、どれも同じように見
えて、実は微妙にディテールが違っていたりする。奥深いのか、適当なのか。真相は、はてな、です。

レース風ステンシル柄の蓋付きエナメルマグ。ピンクと赤の色使いがお気に入り。

赤いランタンのデコレーションが印象的なロンドンのチャイナタウン。異国の中の、また異国。

これ、どこのコインランドリーだったかな？
この店ではないけれど、最近行ったパリのコインランドリーは、店の奥の天井に大きな穴が空いていて
結構な雨漏り状態だった。でも営業中。そして私もそこでしっかり洗濯をした次第。

コインランドリーの誘惑

　旅が長くなると段々、気持ちがムズムズしてくる。ああ、洗濯したいな、と。トランクの中の全ワードローブを洗って、さっぱりと気持ち良い状態に戻したくなるのだ。

　下着やソックス、ハンカチぐらいならお風呂のついでに洗えるけれど、パジャマや服となると手で洗うのは一苦労。それに石鹸を使うと乾いた時にカピカピになってしまうし。ホテルのランドリーサービスに出していた時期もあったけれど、ある時思いきって街のコインランドリーを使ってみたら、結構簡単で、短時間で服もふっくらと仕上がって、「これ、いい！」ってことで習慣になったのだ。

　ドラム式の洗濯機が整然と並ぶコインランドリーは元々私が好きな場所でもある。洗濯機の中でくるんくるんと回る洗濯物を眺めているのも楽しいし（つい見入ってしまう）、店の中の洗剤の香りと暖気が混ざった独特な匂いも好きだ。それにちょっぴり地元気分を味わえるのも嬉しかったりする。

　ロンドン、パリ、バークレー、ブルックリン。いろんな街で地元の住人に混ざって洗濯をしてきた。勝手がわからないから、人が使っているマシンの乾燥時間を勝手に長くしちゃったりとか、失敗も数々。でも拙い語学力でも、マシンの使い方や洗剤の買い方を尋ねると、結構みんな親切に教えてくれる。まあ、ぶっきらぼうな人もいるけれどね。

　1週間ぐらいの旅でも帰国日のフライトが夜で、午前中に時間がある時は、ふらりとコインランドリーへ向かう。もう家に帰るのにどうして？　と思うかもしれないが、洗濯物が溜まったトランクを持ち帰るよりも、洗いたての服が収まっているほうが気持ちが良いから。それに帰国して家でトランクを開けた時に、外国の洗剤の香りがするのも旅の余韻のような気がして。

　朝早くの寒々としたコインランドリーで、コーヒー片手に外の景色をぼんやり眺める時間。店の中には常連らしいおじいさんと私の2人だけ。特に会話を交わすわけではないけれど、同じ時間に、同じ場所にいる連帯感。マシンの回る音、洗剤の香り。そんな、なんてことのない時間も、振り返ると旅の思い出だったりする。私がコインランドリーへ行きたくなるのはそんな理由もあるからかもしれない。

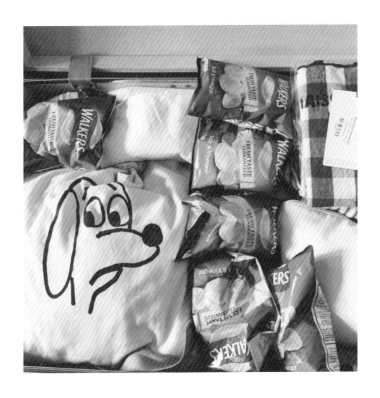

洗濯した服と一緒に持ち帰るのは、隙間を埋めるクッション代わりのポテトチップス。
知人から教わったこの方法、なかなかいいアイデアでしょ。
ちなみに私が一番好きなポテチはWalkersのソルト＆ビネガー味！
だからロンドンから帰る時は、思いっきり詰めて帰ります。

シナモン色のグラデーションの仔犬。うっ、何度見てもかわいいなぁ。

チャウチャウ、ちゃう。

　雑誌の取材でポルトガルのリスボンに行ったときに、大変かわいいコに出会った。

　日本ではあまり見かけないチャウチャウの仔犬で、むくむくでふわふわな姿に、通りかかる人が皆近付いていく。もちろん私もフラフラと吸い寄せられてしまった。ああ、なんてかわいいんだろう。まるでぬいぐるみ、みたい。飼い主の男性は皆に注目されるのが嬉しいみたいで（そりゃ、そうだろう）、気軽に写真を撮らせてくれた。

　えーっと、自称"ネコおばさん"な私ですが、でも最近は犬も結構気になっている。実は「World Of Chowchow」というインスタグラムもフォローしていて、疲れたときは、かわいいチャウチャウ写真を見て、癒してもらっている（うちのネコには内緒）。特に気持ちがとろけちゃうのはシナモン色で、ほっぺの辺りが濃い色のコ（お相撲さんのほっぺみたいに色素沈着したような感じの）。そんなほっぺで、つぶらな瞳の仔犬だったら、もうたまんないわけです。

　原稿を書くにあたって、改めてチャウチャウのことを調べてみたら、古い起源を持つ犬で、中国では2000年以上前から飼われていたらしい。猟犬、あるいは食用や毛皮のために飼育されていた犬で、1880年頃にロンドンズーで展示されたことでビクトリア女王の関心を引き、そこからペットとして飼うための改良が始まったのだそう。食用だったということはなんとなく知っていたけれど、なかなか厳しい歴史がある犬だったのね。こんなにかわいいのに。

　自分で飼うことはきっとないだろうけど、自分の近くで誰か飼わないかな、なんて勝手なことを思いながら、今日もインスタグラムをチェックする私。ほんと、絶対に、うちのネコには内緒です。

ビンボ？
こちらは白いクマがキャラクターの
パンメーカーの車。ふわふわ繋がりで。

EPILOGUE

おわりに

　「センス」というテーマで本を作りませんか。

　そんな話をいただいてから約3年。その間、ずっとセンスという言葉の迷宮に迷い込んでいたような気がする。考えれば考えるほど、わからなくなってくるのだ。

　「この服を着るとセンス良く見えますよ」

　確かにそういうことはあると思う。でもそれは一瞬のこと。センスってそんな簡単なことじゃない。その服をどう着こなすかがセンスなのだ。だから難しい。

　そもそもセンスって何だろう？ センスが良いって、誰が判断するの？ そんなことを考え始めると、ぐるぐるぐる、頭の中が混乱して、フリーズ状態になってしまうのだった。

　センスとは五感の一つ（味覚、聴覚、視覚、触覚、嗅覚）、そして物事の感じ方、見方、考え方。辞書を開くとそんな風に書かれている。とても個人的なものなのだ。だからこそ人から「センスがいい」と言われたら嬉しいし、「センスが悪い」（あるいは「ない」）と言われると落ち込んでしまうのだと思う。

　誰もが認めるセンスの良さ、それはセンスを超えた「才能」だから、そんな高みを目指さなくても、自分のためにセンスを鍛えることが大切なんじゃないか。そのトレーニングとしては五感を研ぎ澄ますこと。自分の周りで起きたことや周りにあるもの、それをきちんと見て、きちんと感じて、きちんと考えたことを自分に蓄積する。というのが迷宮の出口にあった私の答えだ。

　自分のセンスを信じられる人は幸せだと思う。

　この本はそんな答えを模索しながら（迷宮に入ったまま身動きできない私の）、ジタバタした気持ちのままのエッセイ集となってしまったが、楽しんで読んでいただければ幸いだ。

　最後に本作りの長い期間、ずっと見守り支えてくれた編集の吉田真美さんに深い感謝を。本作りに関わってくださった方みんなにも感謝します。ありがとうございました。

"May the Sense be with you."

岡尾美代子

スタイリスト。鎌倉在住。
洋服、雑貨、インテリアと幅広い分野のスタイリングを手がけるほか、
友人とデリカテッセン「DAILY by LONG TRACK FOODS」を営む。
旅や雑貨にまつわるエッセイの執筆も多く、
著書に『Room talk』『雑貨の友』『肌ざわりの良いもの』
『岡尾美代子の雑貨ヘイ！ヘイ！ヘイ！』などがある。

BRAND LIST

Yarmo（GLASTONBURY SHOWROOM ☎03-6231-0213）
　⇀ P004 パンツ／P019 ワンピース／P020 シャツ、パンツ／P110 パンツ

R & D.M.Co-（OLDMAN'S TAILOR ☎0555-22-8040）
　⇀ P031 パンツ・タイツ／P078 パンツ／P110 Tシャツ

FIRST APPEARANCE

Photo　　　P033－040 ⇀「リンネル」2018年12月号（宝島社）
　　　　　　 P014, 021, 125, 140 ⇀「フィガロジャポン」(CCCメディアハウス)

Photo & Text　P008－017, 022－029, 041－051, 054－065, 070－071,
　　　　　　 086－089, 094－097, 100－103, 126－137, 142－147
　　　　　　 ⇀「ウェブ平凡」2018年1月～11月（平凡社）

STAFF

Photo　　　　大段まちこ ⇀ P033－040
　　　　　　 菊池 崇 ⇀ P042-043, 052-053, 082-085, 090-093, 106-107, 130, 138-139
　　　　　　 関根 綾 ⇀ Cover, P001-004, 018-020, 026, 031-032, 072-081, 108-121, 148-150

Design　　　岡村佳織

Model　　　 Edith

Special Thanks　奥田かおり、栃木 功、綿貫あかね

センスのABC

2020年3月18日　初版第1刷発行
2020年5月18日　初版第3刷発行

著者　　　　岡尾美代子

発行者　　　下中美都

発行所　　　株式会社平凡社
　　　　　　 〒101-0051 東京都千代田区神田神保町3-29
　　　　　　 電話　03-3230-6593（編集）
　　　　　　 　　　 03-3230-6573（営業）
　　　　　　 振替　00180-0-29639
　　　　　　 平凡社ホームページ　https://www.heibonsha.co.jp/

印刷・製本　図書印刷株式会社

ISBN 978-4-582-83837-4　C0095　NDC分類番号914.6　B6判(18.3cm)　総ページ152
落丁・乱丁本のお取替えは直接小社読者サービス係までお送りください（送料は小社で負担します）。